写破秋风

丰寒 著

团结出版社

图书在版编目（CIP）数据

写破秋风 / 丰寒著. -- 北京：团结出版社，
2024.1

ISBN 978-7-5234-0424-9

Ⅰ.①写… Ⅱ.①丰… Ⅲ.①诗集－中国－当代
Ⅳ.①I227

中国国家版本馆 CIP 数据核字（2023）第 178973 号

出　　版：团结出版社
　　　　（北京市东城区东皇城根南街 84 号　邮编：100006）
电　　话：(010)65228880　65244790
网　　址：http://www.tjpress.com
E-mail：65244790@163.com
经　　销：全国新华书店
印　　刷：武汉市卓源印务有限公司
装　　订：武汉市卓源印务有限公司

开　　本：170 mm × 240 mm　1/16
印　　张：19
字　　数：292 千字
版　　次：2024 年 1 月第 1 版
印　　次：2024 年 1 月第 1 次印刷

书　　号：978-7-5234-0424-9
定　　价：78.00 元

序　言

用真情抚慰灵魂的歌者

◎　卢圣虎

经大学同学介绍，我认识了热爱写诗的丰寒。初识是在 2022 年初夏，我们应邀在他的居所进行了一次诗歌交流，当时他拿出打印好的厚厚一叠诗稿，很谦逊地请我们"指正"。从烈日当头到皓月当空，大家一整天的话题都是"诗"，这样的氛围我也是许久未感受到的。在我看来，丰寒是位成功人士，事务繁忙，却依然能心怀热诚拥抱诗歌，他是怎样做到的？怀着这样的疑问，我带走了他的诗稿。

著名诗人张执浩曾说过："但凡有任何别的出路和可能性，谁愿意做一个当代诗人呢？如果说，在古代中国成为一位诗人是教育和造化的结果，是出于功利的考量，或者说是立命安生所需，那么，在当代做一位诗人则是一种自我选择，而且是，'非如此不可'的选择，这一选择只指向纯个人的精神世界。"

从丰寒具有励志色彩的个人经历和诗歌创作来看，张执浩的这一判定具有精准的说服力。爱诗并写诗，对诗人丰寒而言，不是生计所迫，不是名利所趋，而实在是内心的需要，是一种"非如此不可"的自我选择，某种程度上甚至是精神救赎。

据丰寒说，最初接触诗歌是在他负责的工地上，百无聊赖之际试着写些分行的文字，一是内心倾诉的需要，二是时间零散，不宜书写长篇大论，慢慢地，就爱上了诗歌。以至于到现在，尽管衣食无忧，尽管终日不暇，但一天不写诗，就觉得日子虚度了一般。有这些诗句为证：我有诗，喜欢黑夜 / 我把孤独摁进水里 / 唤来月色 / 照我窗明（《诗·酒》）；我且饮酒，以

慰半生风尘 / 风雪已和我无关 / 唯有我写下的诗句，似雪花 / 在人间漂泊（《半生风雪》）。

悠悠天宇旷，切切故乡情。这是一位深具恋乡情结和家国情怀的诗之赤子。由思念故乡到歌唱祖国，由美好的童年写到沧桑的中年，从个人愁绪延至现实凝思，诗人丰寒给我们呈现了一个极易引发共鸣的丰沛精神世界。

《写破秋风》这本诗集，以歌咏祖国和故乡的篇目"山河远阔，梦寻归云"组成首章，表明丰寒极为看重这些时下并不流行的"宏大叙颂"。诗歌写什么，并不是重点，重要的是如何写，写出了什么。这是一条被证明有效的诗歌经验。由此考量丰寒无视"经验"的激情创作，我们不难发现，他的这些直抒胸臆式的诗歌，因为真之不掩，因为情之自然，无形中消解了一些虚空高调的成分，而显示出纯真和结实的质地，富于创造性和感染力。在组诗《我和我的祖国》中，他写道：我从远方回故乡 / 双蛋黄的月饼，中秋花好月圆 / 流云的清晨 / 我把生命安放在祖国。他对故乡的认知是"我的世界很小，有时故乡就是我的全部"，于是，他笔下的故乡——浠水三角山、堑儿湾等陌生地理，因为诗人情意深切的抒写而令人难忘：夜读故乡，读故乡的山山水水 / 读故乡闻一多先生的铮铮铁骨 / 落日是天涯，天涯望尽不见家 / 读故乡，故乡很近，家很近（《读故乡》）。

真情，无疑是丰寒诗歌的气骨，也是诗集扑面而来的动人气息。文学大家叶嘉莹说，诗的好坏，第一要看有无感发的生命，第二要看能否适当地传达。她甚至认为，中国诗歌中最重要的质素，就是一份兴发感动的力量。由此比对，诗人丰寒的诗歌文本配得上这种"最基本的标准"。

最能反映这份"兴发感动的力量"的作品是一批亲情诗，以《写破秋风》最为突显：

从书房里刮出来
从万卷书里刮出来
堆满小院一地的落叶
朝阳一回首，老成夕阳
春天一转身，变成秋天

一写，我的童年
已在哥哥坟头长满青草

二写，我的大学
已化作哥哥坟头的秋风

三写，我的华年
将会在哥哥坟头拱出新芽

天，扯下来，擦一把脸
地，踩上去，修炼成诗句
我，挥毫泼墨
抖动山河凄凉的落叶
写破秋风！

"写破秋风"，意在以文字穿越悲伤，逆风飞扬。定为诗集名，丰寒饱含深意。既彰显了诗人着意诗写的坚韧和志向，也深刻烙印了诗集执着而沧凉的抒情基调。亲人的去世对丰寒而言显然是人生的重大打击，以这样一首缅怀哥哥的泣泪之作引领万千诗行，既是对亲人的特殊告慰，又是诗人体悟人生的诗意表白。以秋天的场景为背景，尽情怀念和抒情，悲切中有振作，痛苦中含力量，"我，挥毫泼墨／抖动山河凄凉的落叶／写破秋风"，"抖动"和"写破"，赋予情绪强烈的动感，让人读后有一种撕心裂肺的疼痛。

这些遣怀悲情之作，显示了诗人丰寒的真性情，炽热、淳厚，属于诗人的高音区。另一批关于人生与复杂情感的作品，在延续这种荡气回肠的语调之余，还鲜明地凸显了诗人多愁善感的敏感特质，面对人世间不可回避的一些现实纠结，丰寒善于通过自然外物加以倾诉和省悟，因为情感的真挚而去脱俗气，往往呈现出坦荡、纯真甚至超脱的言情之美。比如这首《你只是空还我满满一湖水》，诗人来到西湖，一个盛满爱情的浪漫地方，他有感而发：这一世，我已来过／西湖的水／那是你上一世装满的惆怅。

还有《感恩遇见》：

你铺开一张纸
纸色泛黄，我拿起笔
填一阕蝶恋花
在为你天地玄黄的叹息声中
我尽力，在这尘世间
填满幸福

美国诗人金斯伯格说过，诗歌才是人类洞察自身灵魂深处秘密的真实记录。透过诗人这些倾尽心力之作，我们可以窥见丰寒隐秘的情感世界，他以浓烈与温柔并存的抒情，专注挖掘情感深处的波纹和光亮，既寻找自己，也追问人生答案。一种具有穿透力的钟情和唯美不时闪现在字里行间，让人感慨不已。

的确，丰寒通过诗歌找到了与内心对话、与外部世界和解的艺术方式，真实记录着自己的情感和洞察，在探索生命意义的途中身心不断得到净化，悲欣豁然，由激昂走向淡定，时有洞见，在自己的大海里奔涌出一朵朵深情的浪花：我为山而来，不为高度 / 只为那一世的仰止（《不为高度，只为那一世的仰止》）。

值得一说的还有丰寒的诗语风格。每个诗人都有自己的言说调性，自己喜欢的就是最好的。诗人丰寒的诗歌调性很有特色，既有宋词的余音以及古典诗词所讲究的韵律之美，又融合了现代诗歌的时尚元素，语调极为放松和洒脱，他自己称之为"中国风"。事实上也是如此，当这种具有古典意蕴的诗歌气质遇上实意真情，一定会相互滋养，产生格调不凡的化学反应，从而使诗歌达到悦人悦己的舒朗境界。

还我笔写我心，我诗释我情。人到中年，世事如昨，丰寒通过诗歌完全打开了自己，并从中找到了人生的乐趣和意义。正如他诗中所写：人死后，肉身只剩下一堆枯骨 / 唯有我留下的文字，兴许 / 还会有人记得，曾经，有这么一躯肉身 / 在这人世间，来过。我特别欣赏丰寒的写诗动因，清醒而赤诚，不功利，亦不妄想，只是喜欢，只是为了不辜负流水式的岁月，让自己在嘈杂的俗世里享受一份诗歌给予的自在和安宁。

阅读丰寒，有如阅读四季，有春的浪漫，有夏的浓烈，有秋的伤感，有冬的凛寒，他的诗歌是自己人生浓缩的百味，读后自是百感丛生。我更喜欢他以茶的方式向世人敞开，向往事和解，就像他写的《列位，请用茶》：

盛夏，拿出一饼
珍藏了十几年的普洱
把云南勐库的老树叶
搬到紫砂壶里，煮茶

一壶，一杯，一人
靠近茶香，品味醇厚
沁人心脾，还有
采茶人搓茶的味道

从来佳茗似佳人
喝茶，品人生
奈何酷暑难耐，至于其他
容我用壶嘴，给列位沏出来

从来佳茗似佳人，喝茶，品人生。诗歌亦是杯中陈酿。且让我们打开这本诗集，看看诗人丰寒给我们"沏出"了什么。

2023 年 9 月 20 日
于大冶望尘阁

卢圣虎　祖籍湖北洪湖，武汉大学历史系毕业。诗人、评论家，中国作协会员，黄石市作协副主席，《黄石文学》执行主编。

以如诗如歌通达

◎ 马竹

在我的印象里，《写破秋风》是诗人丰寒的第二部个人诗集。他的诗歌作品受众广泛，其中不乏鲁迅文学奖获得者、大学中文系教授、诗歌刊物总编以及著名诗评人等与诗有关的文学名流。对他诗歌的创作成就，他们都讲得很通透、很到位、很有美学新发现，尤其对丰寒诗歌创作的独特魅力给了真知灼见，我都十分赞同。所以，对这部《写破秋风》，相关评论的主要观点我就不再赘述，我仅凭自己在文学和艺术道路上摸索四十多年的感悟，谈谈诗人丰寒的通达。

原名丰润的我国著名文学家、教育家、画家丰子恺先生，在评价自己的老师李叔同亦即弘一法师时，有这样一段著名文字："我以为人的生活，可以分作三层，一是物质生活；二是精神生活；三是灵魂生活。物质生活就是衣食，精神生活就是文学艺术，灵魂生活就是宗教。"以我对诗人丰寒的接触和了解，我感觉他似乎早已到了第三层，为我们提供了很多事关通达的诗歌，且这通达已然勘破情理。

无数读者包括丰寒自己也都承认，他的诗歌写作多数关乎痛——疼痛之痛。我则从丰寒的诗歌作品中更多看到了苦痛之痛，只是那个苦字藏匿于无形，转化成文字符号的节奏和旋律，荡气回肠的凄美或激情飞扬的苍凉，是热情似火与希望如光穿梭其中，是无尽善意和慈悲打底。所以痛只是内核，是通的前置与路径，而达才是他诗歌的美质和魅力之所在。不要看这本诗集一共八大篇、数百首诗作许多题目有"我"字，其实丰寒骨子里终究是无"我"。

无我方能通达，成就通达无我。如果一定要给丰寒的诗歌语言个性进行条分缕析，那么总结起来一定还是其作可唱诵，如诗亦如歌。在繁重的工作间隙，在劳累后的冥想时刻，在亲历一些人事的回眸处，在相遇任何疼痛或欢悦之际，古往今来的人间气息岂止是古典与现代这简单词汇在他心灵深处的再三回响。他不是一个并不懂得使用语言文字技巧的诗人，就像他不是一个并不懂得享受物质和精神生活的凡人，他在致力于实现这种通达。

我们每个人，其实都有上苍和父母恩赐的独特天赋，读者朋友可以从丰寒这部诗集的名字《写破秋风》，思考并领略诗人的特殊天赋，进而读到他眼里心底如诗如歌的深情观照和灵魂开示。丰寒有段话说得虽然随性但也直接：在个人感情经历上，有求而不得，所以很多诗写得很痛苦；在个人求学过程中，有个中艰辛，所以很多诗写得很励志；在工作过程中，有意气风发，所以很多诗写得天马行空……总之，我的诗，都是向善向上向光明！

马竹 著名作家、编剧，中国作协会员，湖北作协全委会委员。屈原文艺奖、湖北文学奖、长江文艺奖、飞天奖、金鹰奖等多种文学艺术奖项获得者。作品多次被《新华文摘》《小说选刊》等国家级权威大刊转载。

何以故乡何以诗

◎ 皮曙初

去年冬天，我从故乡山中带回一株兰草，种在阳台上的花盆里。阳台在北边，一天里只有很少的阳光可以照进，我不知道她能不能活下去，每天都要察看，甚至有些提心吊胆。没想到春天刚来，兰草竟然开花了，而且一开就是两枝，后来还结了果实，很大一颗，着实让我感到惊喜。

然而，惊喜劲还没过，一些兰草叶开始发黄、变枯了，起初是根部，后来整片叶子都枯焦。枯死的叶子越来越多，连那枝长着果实的粗茎也不能幸免。我不免绝望：离开了故土，她终究还是难以长善其身！

我不擅园艺，不知道怎样去挽救一株濒亡的兰草，只能剪掉枯叶，留下所剩寥寥的几片绿色，添了一些从老家带来的泥土，看看有没有奇迹发生。夏天过去，有天早晨，突然发现枯死的兰草根中，竟然冒出一丝新绿，心中不禁一个激灵，莫非兰草发新芽了？

过了几天，新芽越来越多，越长越大，竟然冒出了好几簇。兰草复活了！离开了故土，在异乡的阳台上，在经历过绽放与凋零之后，她又重生了！

我很高兴，更陷入唏嘘的感慨，短短一年之中，我就目睹了一首来自故乡的生命之诗，阅读了一篇书写故乡与他乡、绚烂与涅槃的生命乐章。恰在此时，读到老乡丰寒的《写破秋风》，这种感慨更加强烈，对"故乡"与"诗"这个恒久的命题，不免掩卷沉思。

我不太懂诗，对于什么是诗，并没有特别的见解。只是近年来读《诗经》，对《诗大序》中所言"诗者，志之所之也"有了一些感性的认识。钟嵘《诗品》说诗为"气之动物，物之感人，故摇荡性情，形诸舞咏"。在心为志，发言为诗。诗的表象在于"言"，而诗的内里在于"志"、在于"气"。"志"和"气"是什么？其实就是"情"，是内心的情意，"情动于中而形于言"，即成诗。

所以我想，不论是古体诗，还是现代诗，既成诗者，就是情感的外泄。成诗的情感，不仅有人们之间普遍的情意和志向，更有潜藏于内心深处最隐秘的情感，甚至是潜意识之中那些不自知的情感，在某个时刻像梦的语言一样，变成一个个象征性符号突然迸出。诗人抓住了这个迸发的瞬间，把它变成文字，就是诗。

故乡是每个人潜意识里的一片深海，是那些童年以来最隐秘情感的安住之所，所以故乡常常是诗人的心灵归处，是诗的"气之所往""志之所之"。什么是故乡？在阳台上那盆兰草抽芽的那个瞬间，我看到了故乡，那是来自故乡的生命情感的重新生长。

在丰寒的诗中，我看到最多的也是故乡，那是"儿时记忆的堑儿湾"，是"一声浅浅念，落入飞花处"，是"姑娘十八岁挽起的长发"，是"倔强的老黄牛"，是"村头的月半弯"，是"一场虚构的重逢"和"一场入土成泥的告白"……故乡，就是这样一个个迸出的瞬间。每一个瞬间，都是一段潜藏已久的情感。

丰寒的故乡在望天湖畔，那里也是诗人闻一多的故乡。丰寒说喜欢闻一多，写诗也是受了闻一多的熏染。在闻一多的诗中，故乡的一山一水、一草一木都是那样炙热又深沉的记忆："白波翻在湖中心""绿波翻在秧田里""麻雀在水竹枝头耍武艺""孵卵的秧鸡可在秧林里""泥上可还有鸽子的脚儿印'个'字""湖岸上有兔儿在黄昏里觅粮食，还有见了兔儿不要追的狗子"……在诗人心中，虽然"世界是这样的新奇"，虽然"世间只有远游的生活是自由的"，虽然"世上有的是荣华，有的是智慧"，可"我还是要回家乡去"。

"我的世界很小，有时故乡就是我的全部。"人常常是在经历了种种之后，才会读懂自己的人生，也读懂过往和故乡。丰寒的经历充满故事，回望种种，他不愿"用浮云装扮自己的肉身"，于是他学会了"读故乡的月亮糕"，"读割谷"，"读封缸酒"，"读棉油饭"，"读雪花膏"，"读巴河古渡口"，"读故乡闻一多先生的铮铮铁骨"……总之，或许是在经历了种种故事之后，他读懂了故乡，也读懂了自己。

但是，离乡的游子并不会真的回家去，心灵可以安住于故土，但肉身还是会在异乡重生。"正月，我离开故乡 / 在黄泥塘的浅水里 / 种下了一些诗句"，"多年以后，诗酿成了酒 / 我再回家收割"。这就是丰寒的故乡，应该也是我们每个人的故乡。它仅仅是深埋内心最隐秘情感的那片故土，是累了、倦了还可以回去收割诗酒的那方泥塘。故乡，应该是每个人心灵的"加油站"，但不是人生的全部航程。不管漂泊何处，总归要"在故乡用栗炭取火，听乡亲们回家唠这一年的家常，等春天"。

故乡留不住腊月，却总会等来春天。在兰草花重露生机的那个瞬间，我似乎明白了何以故乡何以诗：诗是在那个瞬间里的"气之所动"，是内心深处情感的灵光闪烁，而故乡是这情感的起点，也是这情感的归宿，却并非这情感的航程。

读诗，读故乡，是每个人的命中注定，是"用酒煮成的宿命，与诗纠缠在一起"。

皮曙初　央媒资深记者、历史文化学者。

目　录
CONTENTS

第一篇：山河远阔，梦寻归云

第二篇：世事流水，悠然心会

第三篇：青衫烟雨，为欢几何

第四篇：时节有序，千里同风

第五篇：月照金樽，凤箫声动

第六篇：意随风起，风止难平

第七篇：但为君故，沉吟至今

第八篇：执笔阑珊，墨染年华

后记

附录

山河远阔，梦寻归云

第一篇

PART

1

我和我的祖国 （组诗）

一、根在祖国

我的根在祖国
祖国在东方日出的海边
前一波浪还没蛰伏
后一浪头跃起
撞击祖国繁花盛开
我的祖国从黄河九曲十八弯
渐入大海，迎接世界的风
祖国的大河沉淀夏泥
穿越千山万壑
与地球一起绕日漂移
漂移国土巉岩成山
高山入云秀美壮丽
黄山黄河是我的根
长江长城是我的根
唐诗宋词是我的根
青花瓷釉是我的根
我的根疆域宽广厚重
九百六十万平方公里
史书翻过五千年
我的根与祖国同在

二、家在祖国

我的家在祖国
中秋晚会的歌声里
家在呼唤我的名字
中秋月圆的画面里
家乡袅袅炊烟升起
黄头发的歌者蓝眼影的舞娘
她们搔首弄姿疯狂而歌
没有半点家的影子
我在等秋月当空，照亮淡淡的云
我在等阳光从围篱的缝隙间照进来
稀释我思家的心，盼故人从远方来
我在等鸟鸣虫啾秋风蓊蓊
月光流淌月圆处，那里有我的家
祖国啊，我落魄你的落魄，
辉煌你的辉煌，我永远与你同在
我择一隅安家，家在祖国

三、生在祖国

如果有轮回
我愿三生三世生在祖国
塞北有雪，江南有雨
我无论生在何地，率先看日出
奈何桥，孟婆汤
三生石上烙下祖国雄鸡报晓
我等尘暴平息
沙丘坳里击手鼓
我等一场盛世繁华

祖国江山归于一

翰林院里，我筹算二十八星宿

千山复万水，秋风等秋月

我从远方回故乡

双蛋黄的月饼，中秋花好月圆

流云的清晨

我把生命安放在祖国

四、死为祖国

今天是中秋节

恰逢你七十一岁生日

起初，我想用生命报效祖国

持枪戍边，一寸土地一寸血

如今，我用生命

皓首穷经写山川湖海

写苦难的祖国

写强大的祖国

写中秋月圆　庆祝你

七十一岁生日的祖国

驿道、关山、明月

走丝绸之路，茶马古道归来

我的生命不仅仅用来养家糊口

我还要为你，祖国，繁荣富强！

生，为祖国！死，为祖国！

我爱你，中国

1949，当一轮红日从东方升腾
历史便翻开了新的一页
当我沿着历史的脚步
悄然回首
我仿佛听见一个伟人的声音
中国人民从此站起来了
天安门广场万众欢腾
我又仿佛看见无数英雄的血
正浸染着
鲜艳的五星红旗

祖国啊，母亲
今天是你七十岁生日
七十载
风霜雨雪
七十载
岁月如歌
七十载
有火的热情
有改革开放成果的辉煌
七十载
我们从一个高峰登上另一个高峰

我们从一个胜利走向另一个胜利
每一个历史瞬间
弥足而珍贵
且举世瞩目

我爱你，中国
爱你清晨冉冉升起的太阳
爱你和风拂面撒落的月色
爱你夜空中闪烁的星星
爱你海洋上泛起的浪花
爱你起伏的千山万壑
爱你漫山遍野的红火
它们都发着热追着光
和人民融为一体
和大地融为一色

我爱你，中国
爱你九百六十万平方公里
流淌的血液中每一滴都有我
爱你历史长河中五千年文明
前辈们留下的丹心铁券
爱你长江黄河高山大海
爱你每一条河流每一片湖泊每一条山脉
爱你四季分明，春之花，夏之叶，秋之果，冬之雪
爱到深处，我就把往事从记忆中拉出来
用心擦洗，再染上鲜艳的红色

我爱你，中国
爱你曾经满目疮痍的大地
爱你沉睡时愤怒而又不甘心的呼吸

爱你醒来时东方雄狮震天的呼吼

爱你胸膛流着的鲜血沉淀在旗帜上

爱你整个中华大地上空飘荡着激动人心的旋律

我挥动着收获丰收的镰刀

怀着对新中国七十华诞的喜悦

愿意做一个普通而平凡的人

默默爱你　如同我的生命

百年历程，百年辉煌

——庆祝中国共产党成立 100 周年

一、

1921 年
当黎明的第一缕曙光
在南湖上空闪耀
红船满载星光
朝阳缓缓升起

七月
一座历史丰碑奠定基石
一个伟大的时代拉开序幕
一把铁锤，一把镰刀
割断桎梏的枷锁
打破民族的彷徨
喷薄出朝霞迎新的渴望

七月
带着对共产主义的向往
在枪林弹雨中
不断修正旗帜的方向
爬雪山，过草地，渡大江

从井冈山，到杨家岭，再到西柏坡
鲜艳的红旗高高飘扬

二、

在赤水河畔的枪炮声中
在子弹横飞的泸定桥上
在积水瘀黑泥泞不堪的草地上
在叫嚣着要冻住硬骨的雪山上
冲锋陷阵的共产党人
一次次用生命证明：
没有共产党，就没有新中国

在射出最后一颗子弹后
五位血性男儿
跳下了狼牙山
他们是吹响胜利号角的鹰
他们是指引人们前进的塔
他们把霞光当成伟大的旗帜
跃出大地片片鲜红

鲜红的旗帜飘在上甘岭上
枪声是红色的
鲜红的旗帜飘在松骨峰上
铮铮铁骨是红色的
鲜红的旗帜飘在长津湖上
飞扬的大雪是红色的
鲜红的旗帜飘在无名的高地上
爆破筒的怒吼是红色的
鲜红的旗帜插在胜利的主峰上

举起拳头发出的高呼也是红色的

三、

1949 年，毛泽东在天安门城楼庄严宣告：
中华人民共和国中央人民政府今天成立了！
新中国的诞生推翻了三座大山的压迫
中国人民从此站起来了
中华民族开启了新纪元

1979 年，那是一个春天
有一位老人在中国南海边画了一个圈
中国迈出了改革开放的新步伐
开启了党的历史新阶段

2013 年，又是一个春天
中国吹响全面深化改革的新号角
共筑中国梦，构建人类命运共同体
一带一路，北斗组网，神舟飞天
航母下海，成功抗击新冠
看，今日之中国
承担大国之责任
展现大国之担当

四、

百年历程，百年辉煌
洪水席卷的荆江大堤上
汶川震区的瓦砾堆上

荆棘丛生的扶贫路上
长途奔袭的抗疫队伍里
鲜艳的旗帜迎风飘扬，共产党人
始终把人民群众放在第一位
冲锋在一线，"战斗"在最前沿

百年历程，百年辉煌
五千年历史沧桑
祖国是一条生生不息的大河
黑眼睛黄皮肤的中国人
从来没有像今天这样自信自豪
中国让世界刮目相看
中国的声音，唱响全世界

百年历程，百年辉煌
中国人的根
早已深深扎进七月红色的大地
看啊
从喀喇昆仑边防线到查果拉哨所
从南海华阳岛到漠河北极村……
飘扬着的红旗
是那样红啊，那样红
红得深沉，红得热烈
红得奔放，红得令人神往

三角山，烟雨里淡墨成词

浠水三角山，主峰云缥缈
淡淡云天一片蓝
东南老龙洞，松结龙缘，津液龙涎
子午潮涨，海江空阔，令人神往
天苍地绿沐祥辉，仙人流连不思归

一溪明月，莫教斯人踏破琼瑶
杜宇一声春晓，东坡已过绿杨桥
三角云开，李白杜甫慕名来
醉翁六一登高，引无数诗人竞折腰
昔状元陈沆，一字诗篇把名扬
一多先生一句话，咱们的中国，铁树已开花

桃花洞里觅桃花，正是人间四月天
九重风色卷雪浪，暖香熏游人
万顷玉树，造化山川奇秀，层峦叠嶂
大小二十八峰，登顶众山小

三角山，自古有仙姝，娇羞待君读
一山春风吹月光，春风识得佳人顾
回眸间，豪情入骨，赚得一世风情
江南一蓑烟雨，料峭春风，淡墨成词

登浠水三角山

摩崖石刻，笔架飞瀑，郁郁青山
望繁星闪闪，神游大地
云龙隐隐，曼舞中天
观景台前，采药石处
皎月清风一并弹
白甫堡，与君歌一曲，把酒言欢

朝佛览胜问天
遣无数烦忧一梦间
乍临风伫立，松涛阵阵
紫云古刹，佛法无边
尽吐真言，细品佛语，更把新词入诗篇
环群山，赞天下美景，淡墨如烟

邀月共将清影舞

豪情几许
都在那，三角名山
居士隐山林
寒梅霜菊，江南烟雨
渐省知，万里林涛
浩然天际，有谁千古
为名利，费尽平生
如梦化作尘

情归处，鸿雁春意暖
切莫笑，疏狂自负
方解东坡来此山
策杖悠闲度
幸未晚，大隐于山
弦听花谢，管他言语
且把酒，邀月共将清影舞

三角山上许春愿

晓色清浅
老龙洞，屏风满
摘星挂露，主峰题刻
祖师留名，千古共勉
曲廊幽径通山前
笑细柳、被谁裁剪
迎客松、蜂蝶穿红
桃花洞，又归来双燕

倚窗无绪重帘卷
棋盘石，对弈远
巍峨大庙，楚河汉界
问卦青天，尽日愁展
哪堪横笛锁凄凉
奈美酒，更催春雨
问婵娟，可寄相思
舍身崖，你我许春愿

浠水·堑儿湾·浅浅念

儿时记忆的堑儿湾
每年春节
龙灯狮舞
一缕想念
倚着风
微澜的心事
穿过巴驿街、元桥
午饭歇脚的第二故乡

一声浅浅念
落入飞花处
锣停鼓止龙灯盘聚
三三两两
各自走进另一个家
三两杯年酒
轻盈如水的时光
向晚的古道
流年装帧的来时路
在半盏光阴里回望
那年的归人
散落的红尘旧梦
遗忘在第二故乡

一年一度的相逢
没有谢幕也没有离殇
江南的烟雨
潮湿了堑儿湾的光阴
不曾遗忘的想念
依着雕花的窗檐
几许眷恋无人知
一世长歌唱不尽
隔街传来声声慢
静坐红尘
问一声故人
可否知晓
如今的新农村
亭台楼阁，康庄大道
富美了苍寂年华

读故乡

我的世界很小，有时故乡就是我的全部。

——题记

一、故乡有条西流的河

故乡有条西流的河，曰浠河
那里有我的家，故土难离的家
我在《慧视界》里读故乡
读故乡的月亮糕，读割谷
读封缸酒，读栀子花开
读白莲河上的小天池
读棉油饭，读雪花膏
我在《留住乡愁》里读故乡
读故乡的糯谷，读红苕，读包面
读糍粑，读杀年猪，读锅巴粥
读花椒树，读巴河古渡口

读我曾经贫瘠而温暖的故乡
读我日新月异富饶美丽的故乡

二、我读故乡的三角山

我读故乡的三角山，烟雨里淡墨成词
一山春风吹月光，春风识得佳人顾
回眸间，豪情入骨，赚得一世风情
我读故乡的莲花山，山麓长江边
水涨江心阔，云笼山缥缈
芳华处处，花弄影，人欢笑
我读故乡的黄泥塘，一纸素锦铺开
世世代代，祖祖辈辈，游子身上衣
塘面的波光，闪耀着思念绵长
我读故乡的堑儿湾，浅浅念
一世长歌唱不尽，隔街传来声声慢

如今的新农村，亭台楼阁
康庄大道，富美了苍寂年华

三、我读我故乡的城山

今夜啊，我读我故乡的城山
那里修建了很多寺庙
那里供奉的每一尊佛
悠悠然然地藏着一个个故事
温温柔柔地为前来叩拜的父老乡亲
显尽神灵，我虔诚的故乡啊
你们遇山拜山遇水拜水遇佛拜佛
用一日三叩首早晚一炷香的方式
祈求心想事成风调雨顺富足康宁

我故乡城山古往今来的历史啊

像武大的樱花，纷纷以静美的姿态
等我，等我轻轻回家路过

四、我读我故乡的诗人

今夜啊，我读我故乡的诗人闻一多
我们同在一个镇，我因您而喜欢诗
一沟死水没有春风
您的信仰贯穿您四十七个春秋
红烛有泪七子无家
您发出时代的呐喊飞扬起激昂
一只红烛唤来春风，您把死水点亮
今年是建党一百周年，百年历程
百年辉煌，如今
祖国欣欣向荣蒸蒸日上繁荣富强

夜读故乡，想先生，想您
您是浠水的骄傲，巴河挺立的脊梁
您的灵魂穿透时空直达天堂

五、读故乡的山山水水

夜读故乡，读故乡的山山水水
读故乡闻一多先生的铮铮铁骨

落日是天涯，天涯望尽不见家
读故乡，故乡很近，家很近

故乡闪耀诗的花朵

正月，我离开故乡
在黄泥塘的浅水里
种下了一些诗句
当我出门在外的时候
在家的父老乡亲
就着我的诗句，下酒
多年以后，诗酿成了酒
我再回家收割

正月，我装下所有
美好吉祥的诗句
背起行囊，离开故乡
溪水潺潺，桃花盛开
七弦琴上洒满月光
我把祝福带走
我把春天留下

正月，我这一离开
可能又是十二个月的距离
这距离很远，山一程水一程
这距离又很近，韶华一枯荣
泛舟弄笛时，落霞满天

我在他乡，端起的酒杯里
再也不会有桃花
桃花开在了故乡的春天里

正月，我的诗句很轻
像明媚的春光
拂过故乡西窗的半角山水
一卷书墨
读醉三千烟雨，这世间
我深情的眸
是故乡春天闪耀的花朵

故乡·黄泥塘·年

新年的钟声
敲碎了一切的不如意
祥瑞随朝阳喷薄而出
万象更新
庚子年所有的阴霾随风而逝
蜡梅花儿开
迎春花儿开
邻家的茶花
开成了一个个小灯笼
红得热烈而奔放

黄泥塘的年
在鞭炮声中互问吉祥
推杯换盏之间
故乡永远是一碗饮不完的佳酿
喝不醉的乡愁
烟花燃起，星光灿烂
家家户户迎春接福

出门在外的年轻人
不忘建设家乡
池塘加固了，水变绿了

公路扩建了，路变宽了
黄泥塘，见证了
新农村的幸福年华
清风入窗，春和景明
故乡的新年弹奏着四季的脉动
与暖阳沐春
陶醉了，一程山水

岁月的车轮年复一年
一抹鹅黄，春上青山
出走半生，忘不了
故乡村头的月半弯
今又春节，邀一盏清露
揽一片祥云，蘸一缕炊烟
我用手指轻抚的温暖
点燃春天！

童年的草籽花

故乡开满了草籽花
紫色离离，似弱水三千
一场虚构的重逢，儿时的记忆里
大声呼喊春天

寸草芳心，还有倔强的老黄牛
芬芳是姑娘十八岁挽起的长发
清新撩人。相见恨晚的优雅
因为深情，打开记忆

问一声，我的童年
是不是一地紫色的思念
没有浪漫，没有伤泣。等待过后
是一场入土成泥的告白。你，我
再也回不到从前

黄泥塘，深埋我的童年旧梦

移动的脚步，暖阳晴空
还有那一塘碧蓝
我向故乡走来，携着
我的童年旧梦
后山苍翠的竹林
还有穿过的一条小路
家家户户的菜园
半辈奢靡的年华
在夜深人静时回望

看啊，我家桂花开了
雨水从清明行走至人间
远远的天空，有南归的燕
它迷恋的地方
曾在我家，土砖瓦房里筑过巢
请把我
请把我童年的记忆
深埋吧
埋在故乡黄泥塘的春天里
春天，我家后山还有一片桃花林
花开花落，那是在夜里
醒来时的童年旧梦

一步一景，随便定格在哪一景
都是一幅美轮美奂的山水画
甘愿，一直留在故乡童年的梦里
逃学，一个猛子游到对岸摘葡萄
黄瓜，西瓜，是我童年的战利品
那时的甜瓜是多么的甜，还有隔壁
那爱哭鼻子的小梅冬
你在异国他乡还好吗？
童年清悦的声音，留在梦里
山有木兮，木有枝

留住乡愁 （藏头诗）

巴水一脉天际流
河塘晓月照西楼
闻鸡起舞花弄影
一缕烟波笼伍洲
多情自古伤离别
故土难离水成愁
乡音未改乡音在
九州游子飘九州
孔子儒学万世师
藕自菡萏并蒂留
闻贯古今一字诗
名扬四海七子游
天涯月明人尽望
下笔留墨写乡愁

浠水·故乡·四季相思

一、莲花山·春

莲花山，东风捎信
翠竹燕飞斜，枝上莺啼早
山麓长江边，水涨江心阔，云笼山缥缈
北长亭，西岭道
春意知多少

芳华处处，花弄影，人欢笑
摘朵鬓边戴，羞问那人好
是那花儿美，是那人儿俏
花期短，休负了
调弦飞韵，来个相思调

二、望天湖·夏

夕阳西照，朦胧月影弄扁舟
桨急渔人归，望天湖畔飘罗袂
袅袅莲花白，脉脉荷裙翠
月华升，佳人明眸泪
采莲三两，怜子清如水

芳心若此，明月镜，对梳台
蕴满千丝结，皆是相思意
莫道相思苦，莫说多情累
天犹在，情犹在
今宵幽梦，伊人归，还约西厢会

三、黄泥塘·秋

黄泥塘，故乡秋深无奈，秋雨冷
两岸乡村人家，炊烟袅袅
锦帐琉璃舞，红烛明如昼
夜未央，思故乡
一怀愁绪，对饮杯中酒

关山万里，忆故乡，人同瘦
怎个解相思，怎个情如旧
既是故乡人，应作长相守
心若在，乡愁在
莫教日后，秋风冷雨，空折长堤柳

四、和平街·冬

沉沉天色，长风啸，枯枝摆
执笔墨难开，呵手无聊赖
和平街，窄窄巷道，归来是故人
雪欲来，风卷地
豁然开朗，天地浮云外

瑶花若絮，腊月夜归人

玉屑冽两街，街道红灯狮舞繁华

老树更在层楼外

楼上佳人凭栏盼，月自亏盈在

悲欢别，谁主宰

街上人见人不识，应念春之怠

春节，回故乡

春节，我用最喜欢的颜色和姿态
投入故乡的怀抱
这些年，村村通公路的建设
四季花开的美丽乡村
守护的绿水青山，我的故乡
年复一年的变化，明灭闪烁的春色
来回的路，精致光明的记忆
驰骋万千的文字
春节，在向我招手，回故乡

故乡，轮回着四季
西风吹拂秋月的皎白
东风吹拂春花的芬芳
纵然，出门在外身披一身孤寂的游子
门前的大树，也要用一辈子的沧桑
才能解读，春节回故乡
脸上洋溢的幸福与喜悦

故乡啊故乡，只有在这春节
我才敢举一轮明月，开怀畅饮
连同故乡的泥土，沉醉不知归路
本想再豪饮三碗，又怕醉了余生

从黎明到黄昏，我的乡音在跑调
近在眼前的故乡人啊
伸手问候的那一瞬
我的激动，眼里饱含泪水

故乡留不住腊月

一杯茶，一本书，窗外飘着雪花
故乡坐成一首诗，一堆乡愁，半阕清词
用万千思绪去抚摸生我养我的故土
用文字去温暖心中经年的悲伤
塘面的波光，浣洗着又一年春色

岁末冬寒，故乡的每一条路
都在等着迎接归来的家人
一声问候，一阵寒暄，一根香烟
烟雨江南，炊烟袅袅，故乡留不住腊月

春天的脚步太过匆忙，像出门在外的乡亲
日夜奔波着的，都是辛苦
但每年的希望却像春天吐出的新芽
那尘封已久的岁月，年复一年的荒芜
无法抹去艰难、困苦和相见后的别离

一阵寒风醉酒后，家谱里失散多年的文字
开始称兄道弟，河水澎湃的沧桑，浪花闪耀
腊月里，最后几天，南窗瞪大了双眼
看雪花漫天飞舞。故乡用栗炭取暖
听乡亲们回家唠这一年的家常，等春天

故乡·雪

正月初七大雪纷，故乡处处焕然新。
树梢尚有半寸绿，天河倒挂万里银。

一月能有几日雨，几年难下雪一轮。
纵使万物都涨价，唯有雪花白送人。

你，是我生命的一树花开

午后，阳光明媚
小院里，一树花开
我就想到了你，满心欢喜
想你，若这春风
唯愿不负旧时光。小时候
我最深切的爱，是母亲
村头的张望。长大后
我的脑海里，总是有你
像这春天，满树花开

烟雨江南，飞鸿路断
——观邓新中老师浠水戴家洲油菜花图片有感

花黄、翠绿、碧蓝
一江春水清浅
想到你的妩媚娇艳
点点滴滴，滴滴点点
淡淡如梦，花一样嫣然

若有风来，若无风来
江南烟雨温婉
江的这边，江的那边
飞鸿路断
若有花言，若无花言
陌外春水阑珊
纵是无情，纵是有情
江水望断也枉然

莫要有雨
怕是揉碎了油菜花瓣
小舟轻过，美人眉目
为伊深陷

昨夜，武汉下了一场雪

武汉的雪，太过矜持
仰望久了，成了传说
犹抱琵琶半遮面
千呼万唤不肯来
一场雪，一场奢望

清晨，我不经意间醒来
推窗，惊喜地发现，就在昨晚
雪花静悄悄地飘至房前屋后
地上积满厚厚一层雪
成为我眼中的风景

立春后，这场突如其来的雪
越是寂静无声，越是爱得深沉
一曲钓雪令，江湖风雪未曾停
雪夜春信至，江山依旧好
但愿这人间：
白雪落满头，只我一人老

春·归

春水还寒，池水瘦
枝条吐绿，北雁难留
凭栏独倚，小城昨夜雨
黄鹤楼上白云悠

山风晚来疾
月如钩，黄昏后
灯下几人共白头？

故乡，此时节

春天，故乡的油菜花开了
此时节，无关风月。明媚处
水清韵浅，春光柔美
一滴露，一弯月，银毫轻启
闭目，微含，沁人心脾
南窗开开合合
恍惚间，无须留白，自斟自饮
不解眉间锁，不题心上秋

故乡，春风探问每一寸土地
此时节，有大片大片的诗和歌
飘入似水流年。踏莎行
花瓣落在指间
滚滚红尘搁在故乡外
忆江南，嗅蔷薇，摘绣球
裁云为纱，剪影为兰
东风猎猎，扬扬其香！

回到童年

饮一壶天高地远
从此行囊里掏不出童年

天空写满儿时浅蓝色的执念
一曲忧伤月色，红尘万万千

门前传来母亲声声唤
栀子花开，那里有我的童年

故乡·杜鹃

三月，杜鹃未开
万里晴空，雁鸣阵阵
我站在高处，遥望
暮云之下，那里有我的亲人

院内无风、入我梦境
境中，杜鹃，花开七色，
落晚照，斜倚院墙，迎归人
归人啊，你可曾路过长亭？
长亭芳草萋萋，结满故乡的泪水
而我只能游荡在芳草之外
坐看斜阳草树，听杜鹃啼归

九九归一、家燕轻吟春耕的小令
看杜鹃花开滚滚
我的亲人啊
等杜鹃齐鸣，声声呼唤
我即可招手
喊来千盏故乡的云，倾诉！

世事流水，悠然心会

流过泪水的眼睛，才是最亮的

清晨，大地阳光灿烂
桃李芬芳，好久没有站在阳台上
沐浴杨柳春风，心情格外敞亮
人是需要阳光，荡涤
内心的污垢，还有思想的杂质
这是我渴望的日子
自由的瞬间，光明落在手中
那些恐惧与谣言，难以揣摩的
黑色毒素，在阳光里终将荡然无存

无常的人生才是正常
正如汹涌的波涛才被称为海洋
生命脆弱，如一粒沙
摧毁它格外简单，肆虐的病毒
是大自然的又一场残忍游戏
正如我挚爱的巨星科比
意外离世
忧伤，烈焰焚心
灾难对每个人都是平等的
这是人类的宿命
我们犯过太多错，却再三重复
因此，不要去想象

能侥幸躲过一切黑色的花朵
正如我们抵御不了一些诱惑
这愚昧的死亡选择
我们一次次痛苦地经历过

我们的一生别无所求
写几首小诗，与相爱的人
吃一顿平静的早餐
或者孤独地斜躺在床上
难得的歇息是生命的又一次加油
让时间的城门关闭一会
让浮躁的世界安静一会
让迷茫的人类学会一点敬畏
阳光透过早晨，光明在心头闪亮
正如在昨夜的雨中
流过泪水的眼睛，才是最亮的

要活，就活成天空

你活成一片云
云下的山怎么想
你活成一座山
山下的树怎么想
你活成一棵树
树下的石头怎么想
你活成一块石头
石头下的草怎么想
你活成一棵草
草边的小溪怎么想

只要你想活
哪怕低到尘埃
也阻止不了别人的思想
那你，就活成天空吧
容得天下，包罗万物！

孩子，这人间太过悲伤

那些飘零的落叶
从阳光的缝隙里走远
没有姿势，没有惊慌
孩子，赠你水土一方

四季，无论理解与否
它只能在一个人的心里流淌
没有期许，没有希望
孩子，送你青丝万丈

苍茫的夜色眺望月光
在有和无之间选择遗忘
没有黑白，没有向往
孩子，等待太过漫长

有一个声音在原野里回荡
寻迹一个没有终点的远方
没有归途，没有故乡
孩子，这人间太过悲伤

七个片段的思绪写成诗

一、

时间是把弯弯的弓
思念是根长长的弦
你最好别出现
多情的箭一触即发

二、

一路向南，就是长江
过了长江就是大半辈子了
谁心里没有一股疼痛
谁身上没有一道暗伤
心心念念
谁在三月没有一段花期

三、

细雨湿黄昏，相思多几分
好梦凭栏偏遇冷
谁为谁，又曾转过身
千年浮云，只不过

一圈又一圈年轮

四、

你高光时刻的绽放
在那江河湖海之上
在那山巅云端之上
不要图一时虚名
过早断送你绚烂的一季

五、

哪怕是一缕春风
也能唤醒冬眠的春色
哪怕是一块石头
也能垫高脚下的土地
哪怕是一棵小草
也能妆点贫瘠的心灵
哪怕是一粒微尘
也要强大自己，怒放生命

六、

泰山是我的头颅
昆仑是我的脊梁
黄河长江是我胸前飘着的丝带
长城在我血管里流淌
戈壁吹过千年的风沙
在我心中聚拢成诗

七、

夜色如水
伊人轻绾发髻
随手抽玉簪
锦衣缠绣被
揽半季春色入怀
窗外，桃花朵朵盛开

望天·啸

森林是我的天下
大地为我抖动
我所经之处
与风同来
与雨同归
在我眼里　有山就有家

我占山为王
我没有朋友
我日夜感受高处不胜寒的孤烈
天下没有对手
我孤独求败
天下英雄我英雄
天下不败我不败

我一声啸
草木瑟瑟如骨裂
我生活在我的天下
大卜唯我独尊
上天赐我为王

那一天，你来到我的山下

你的天姿
你那仰天一啸
你那如风如电如影如幻
俘虏了我的心
你走了
我森林的世界没有颜色
我到处打听你的消息
高山只能回荡我的气息
大地只能领略我脚步的铿锵

我每天只能仰头望天
啸——
盼你归来

鸟之泣

我不怕狂风暴雨雷电交加
我不怕夜的黑深邃无涯
海再阔
浪再高
我心向往
翅飞往
我翅飞往
心神往
我体格强健羽翼丰
我展翅飞翔

天为地
枝为家
我展翅高飞　停留在
一座城池改造之后
那个季节　成片成片的树林
排山倒海般消失
连同枝头栖身的影子
被钢筋捆绑的地基
被混凝土浇筑的墙体
被平地矗立的高楼
摧枯拉朽般遗弃

这个季节没有一点绿意

飞高或飞远　于我
这将意味着别离
我深深地知道我抖动的翅膀
再也无枝可依
我曾经展翅的地方
现在只能　四顾茫然
蓬毛垢羽
青青草木　化作泥
我立泥中泣

秋风空

睡莲卧盆中，迎阳独自开。
秋风锁不住，寺有暗香来。

雁过破长空
满眼绿葱茏
庙堂佛地　一枝莲
与谁同？
不在红尘里　不在红尘中
只缘根茎深
不肯随秋风

胡　杨

黄沙漫天

黄叶飞舞

我无法聆听春天的消息

我的生命只有风、沙

和一望无际的苍穹

我努力把根扎向大地

沙漠的颜色就是我的颜色

秋天的色彩就是我的色彩

我无须诉说或暗示

深入我骨髓里的坚强

但我要让我的生命知道

这个季节

我收获了金黄

远处的驼铃

牧民的毡房

我渴望的生命

亦如浩瀚的星空

浩渺的海洋

我坐等春天的消息

和一些绿色的希望

可是，玉门关前春不度

我一下子好像老了一千年
风来了
沙来了
我遒劲的身躯
那是深扎大地的沧桑

施主，莫要拜我

你拜下方世界贫穷疾苦之人，就等于拜上方世界的诸如来。

——维摩居士长者

施主，看你满腹诗书
一身功名
大有鸿鹄之志
安邦兴国之才

施主，庙堂香火缭绕
人流如潮
皆为名来
皆为利往
我是庙堂一尊佛
我心向善
善度众生

施主，你用你心点你火
你用你火烧你香
你双目微闭　念念有词
三炷高香高过你的头颅

施主，高香烧起　清香自绕

你莫要拜我
你拜天下苍生
你拜贫穷疾苦
你拜人间正道
三炷高香三叩首

施主　你请起　你且看：
东方之珠东方起
霞光万道万丈高

靠 山

原以为楼房建在山脚就有了靠山
不料一场大雨动摇山石
瞬间撕开后墙两道豁口
是村里的黑子支书
以博尔特的速度冲进去
背出了八十岁的老人
老人这才明白
靠山，是眼前这副结实的脊梁和宽阔的肩膀

诗人的骨头

那时的唐朝
女人的天下
为了维护体面
搞了一帮打手
顺我者昌逆我者亡
诗人不顺不逆
在自己的世界
打马江湖

诗人不关心王朝的血雨腥风
诗人高悬一把利剑
和着出鞘的刃锋
刻字写诗
雪卷残阳寒风倒吹
王的世界开始出现疼痛
血流不止

百姓生灵涂炭哀鸿遍野
英雄策马，烟尘滚滚
宝剑所经之处如同写出的诗
灵魂的生命开始刮骨疗伤
三步一传五步一报

王的世界开始瑟瑟发抖
王不怕诗人手上的剑
王怕剑疗后
比剑更硬的
诗人的骨头

如今这根骨头还耸立着
如同陕西渭南的华山
——中国的脊梁！

我的人生

我的生日，与世界读书日
像中秋与国庆
有时相差很远，有时就在同一天
但在昨天，我突然发现
两个不相干的日子，偶遇了
这种巧合
像极了，我的人生

列位，请用茶

盛夏，拿出一饼
珍藏了十几年的普洱
把云南勐库的老树叶
搬到紫砂壶里，煮茶

一壶，一杯，一人
靠近茶香，品味醇厚
沁人心脾，还有
采茶人搓茶的味道

从来佳茗似佳人
喝茶，品人生
奈何酷暑难耐，至于其他
容我用壶嘴，给列位沏出来

母爱无疆

我不是一个无神论者
我信佛。母亲是我心中永远的佛
我信她、念她、敬她、爱她
那些细密的岁月
流淌着世间最纯真的爱
无私，无我，只有奉献
都说母爱如大海，深邃宽广
所有赞美的语言
在母亲无言的大爱中
都显得苍白无力！

请不要用浮云装扮我的肉身

我是一个农民的儿子
往上数八代，父亲说
祖上出过银匠
我出生的时候，高烧不退
母亲抱着我
跑遍农村的大小诊所
后来亲婆说，我身上的温度
要比一般人高一些，正常现象
我的肉身，夏天无人敢碰
冬天被子里暖烘烘的
家人抢着和我睡

我的童年，缺衣少食
大集体，边上学边挣工分
我的母亲为了让我能上学
差点去捡破烂
我放学和节假日
放牛喂猪，扶犁打耙，插秧割谷
我有一个哥哥、一个弟弟、一个妹妹
这样的排序，我在家里有明显的优势
上面有哥哥护着
下面有弟弟妹妹帮着，我边读书

边做一些农活，还能愉快地玩耍

我的少年有些调皮。打架、逃学
偷湾里的黄瓜甜瓜，偷隔壁湾的葡萄
我的父母亲，沿着我上学走过的路
沿路挂着笑脸，沿路跟别人说好话
初中三年，我读了三个中学
并不是孟母三迁，而是学校不要我
中考，别人拿着我的分数上了中专
而我勉强上了一所高中
我的肉身，背负不起父母的培养
我常常用坚强，抑制我的泪水

高中三年，我当过一年的班长
后来又开始愉快地玩耍了
白天上课睡觉，晚上打麻将，吊三皮
高考那一年，学校放榜很干净
一个中专都没考上，更不要说大学了
高三后的第一年，我辍学在家
卖过面条，贩过棉花，开过早餐铺
我的肉身，在江湖上行走
江湖至今还有我的传说

人生多艰，我的肉身在这人间煎熬
我又重拾课本，回到学校
复读的第一年，我名落孙山
那时候，我的哥哥已小有名气
他让我上了一所自费大学
我心有不甘，也不想再复读
我在上自费大学的同时又参加了高考

那一年，我考上了一所重点大学
接着，我用四所大学
完成了我人生的转身
光环都是浮名
浮名改变不了我的肉身

辍学的那一年，我有了自己的孩子
人生的低谷，还有人认可我
并托付终身。这是我的肉身
最引以为傲的事情
今秋十月，孩子结婚了
我用五所大学，集一身的书墨
向孩子，送上这世间最衷心的祝福
秋天，一地的收获。繁华满天

我先在地市工作，六年后
我到了省厅，又一个六年
我到了部委，我所经历的路程
就像我读书一样，读完小学读中学
读完中学读大学。只不过
我前面的坎坷太多
后面稍微平坦一些
肉身还是那躯肉身
一日三餐，夜卧一榻

2000 年，那个秋天，我的哥哥
溘然长逝，他以自己的方式
收割他短暂而又厚重的一生
也是从那一年开始，失眠长期伴随着我
安眠药，从最开始的一颗两颗三颗

到现在，需要四颗才能入眠
我的肉身，是用安眠药支撑
在这人世间行走

我赤身裸体来到人间
所有的物质虚名赞美都是浮云
请不要用这些，装扮我的肉身
我的肉身，同大多数人一样
历经人间沧桑风雨
最好的装扮，掩盖不了
我曾经浸透的汗水
洒遍求索的血雨
人死后，肉身只剩下一堆枯骨
唯有我留下的文字，兴许
还会有人记得，曾经，有这么一躯肉身
在这人世间，来过

那些散落在人间的诗句

我用生命顿悟出一些诗句
散落人间，深深浅浅
有的飘在空中，阳光灿烂
有的撒在地上，字字忧伤
有的随风飘零，至今找不到归宿

我想在死之前，把这些诗句染成暮色
让它们在故乡的黄昏盛开
让后世能够听得见我笔端的风雨声
而此时，我只能在文字间
陪着这些诗句，生老病死

第三篇

PART

3

青衫烟雨，为欢几何

人花同瘦也是春

西厢会
碧池春
柳影清波照孤身
春风共度上玉轮
我洒清晖月同影

翠屏岗
醉红唇
花开有期花满城
人言有信花撩人
人花同瘦也是春

千金裘
画中人
日暖风清浮闲云
野陌山峦儿重门
慨言此地绝红尘

你只是空还我满满一湖水

我来时，湖很静，风都没有
我知道这个季节
就像我的青春
有断桥，没有雨，用不着伞

我在游船上，小心翼翼地探出头
我在寻找你的目光和你的温柔
苏堤是你的精神和气度
三潭印月映照着你在向我招手
西湖的水荡漾着你的情怀
如果你已出生，我还未出世
那我欠你今生一个约定
而今，我正青春，却觅不着你的踪影
风吹草绿波起塔空雁过孤鸣
你只是空还我满满一湖水

纵然在雷峰塔下找不到你
我还会去灵隐寺打探你的消息
但每一步都水漫金山
这一世，我已来过
西湖的水
那是你上一世装满的惆怅

油菜花儿黄

碧空如洗，蝶蜂飞舞
黄金万里
雨后风微，花前香淡
满眼春意

人生几多别离
黄花地，层层记忆
缕缕烟尘，芳草萋萋
点染笆篱

春·念

只恨这遍地春色，江南春花雨
让伊人孤独憔悴
小巷昨夜三更鼓，入梦难期
小人儿竹影摇曳，小心思寻寻觅觅
小玲珑春光正好，小捻珠撒落一地

皆不是，那月夜
一盏小灯笼，两眼无语
渔火泊江州，我为伊人醉
照心锁不是，织心景不是，拢万缕相思不是？
爱你百顺千柔，今夜翻开你
缠绵一夜，思念一地

桃花诺

漫天纷飞的花语
落入斑驳的旧诗文
万卷白描
染一瓣，便可瞬间灼灼
莫不是，最毒的蛊
滋养出这世间最美的花？
都说，劫和缘，费思量
到头来，开也是伤，落也是伤

梦里蝴蝶，花间彷徨
我这一世，花的速度
燕子回时，阳光下
赴一场前世之约
像是天边的那片花海
只听得见花浪中　铃儿声声

诗·酒

我有诗，喜欢黑夜
我把孤独摁进水里
唤来月色
照我窗明

我有酒，我想用
我沉沉浮浮的人生
换一碗人间烟火
举杯一饮而尽
别谈人生

酒，就是酒
诗酒趁年华
我这一生历经红尘千苦
用酒煮成的宿命
与诗纠缠在一起

什么都可以放下
什么都放不下
余生，以静谧的姿态
轮回！

残荷听雨

我有一池残荷
邀你亭台听雨
雨打残荷，寒塘渡鹤
你我煮茶品茗
品一湾水乡秀色
品满眼黛青风景
回记一湖水墨江南

我有一池残荷
邀你凭栏听雨
雨打残荷，冷月葬花
你我温酒慢饮
饮一杯五月荷碧
饮半壶七月莲红
聊记一湖氤氲江南

我有一池残荷
邀你棹舟听雨
雨打残荷，鹭飞云低
你我弄笛抚琴
弹一曲荷塘月色
弹一阕寒鸦弱水

留记一湖清浅江南

我有一池残荷
邀你荷岸听雨
雨打残荷，纸伞轻盈
你我低吟浅唱
唱一湖十里荷香
唱半江烟雨朦胧
遥记一湖梦里江南

多情还是年少时

三月桃花九月荷
谁是真看客
一尘一沙一世界
莺莺燕燕烟烟，花开谢

风静林静山河静
溪水秋香度
多情还是年少时
雨裤风袍云帐，苦做衣

枯荣岁月

年少，我若野草
野草春风岁岁
中年，我若浮萍
浮萍雨打浪推
现在，我已迟暮
人生万念俱灰

初见，你若桃花
桃花付之流水
再见，你若丹桂
丹桂等待雁归
现在，见与不见
青灯黄卷无悔

一岁一枯荣
百转千回
那风再急浪再高
任它千山万水
一段陈年往事
到底感动了谁

一岁一枯荣

百转千回
那花再好月再圆
任它千娇百媚
一段苦涩年华
回忆没了滋味

桃花误

三月，江南
来看桃花，来看桃花雨
桃花红了，谢了
断桥续了，蝴蝶化了

春水重生
误你人面桃花
误我半世不舍
春光正好
让我为你煮一杯清茶
拭你面颊发丝上的片片桃花
短暂的相遇
就像这初春的雨

风凉水寒
我们终将各自寻找曾经的路
桃花满天
淹过残阳，没过弦月
从不期盼天空的挽留
桃花的归期
就是各自的归处

尽管变幻莫测
尽管开出朵朵嫣红
柳絮儿飞了，柳丝儿折了
我们来看桃花雨
在年复一年中
我们各自老去！

新雁丘词

元好问（字裕之，号遗山）去并州赴试，途中遇一捕雁者。捕雁者告诉元好问，今天遇到了一件奇事。他设网捕雁，捕得一只，另一只脱网而逃。岂料脱网之雁并不飞走，而是在空中盘旋一阵，然后投地而死。元好问看着捕雁者手中的两只雁，一时心绪难平。便花钱买下这两只雁，接着把它们葬在汾河岸边，并垒石作为记号，号曰"雁丘"，并作《雁丘词》。问世间情为何物，直教人生死相许。感念红尘三千缠痴，何处繁华笙歌落？红丝错千重，路同归不同。感怀于斯，遂新写雁丘词。

——题记

春风柔柔枝初栽，彼岸花开，初心难掩盖。
一江春风东流水，他乡明月入梦来。

面若桃花这般爱，月锁江心，书笺空留白。
月照西厢柴门掩，春梦只朝伊人开。

一抹桃红点眉黛，春风拂柳，窗前月徘徊。
长安花色黯消减，洛阳牡丹两无猜。

衣带渐宽揽入怀，个中相思，花香共君采。
我把春光唤作爱，春光共我千古在。

瑶琴轻启花自开，叶落无情，一任流到海。

狂歌痛饮雁丘处，孤心只影不复来。

千秋万古空留待，万里层云，寂寞箫鼓在。
生死相许莫再说，一抔黄土化尘埃。

一双望眼层云外，老翅寒暑，双飞难成排。
千山暮雪照稀影，山前细雨横沧海。

平楚荒烟遗山埋，君应有语，来访小可爱。
自投地死归黄土，雁丘词处菊花台。

我把夕阳站成海

夕阳

如梵高向日葵般金黄

泪湿我四月的衣裳

你的风情万种

像一场暴雨

滚落下悲伤

我从拂晓的第一滴露

等到春与夏之间断过的残阳

人声鼎沸　我挥一挥手

车过台儿庄

站台的玫瑰做不了别人家的新娘

火车一路呼啸一路疯狂

我寻找天际一抹红

追逐夜的影子

夜才微微亮

我一转身

我把夕阳站成海

海上的浪花　依然如你

旧时模样

今夜无眠，愁空了一壶心事

月光如银洒落窗台
一壶浊酒独饮孤寂情绪
愁一杯，饮一杯，斟一杯
与月饮，月光清凉
与花饮，花未盛开

我举杯
杯中尽是悲愁

腹内的世界开始兵荒马乱
且翻江倒海
那一片杀气腾腾　震耳欲聋
一阵厮杀之后
纷纷倒下
形成一堆污垢

我的世界
无人能懂

淘空了的灵魂
没有一点酒香的味道
我的诗书开始纵马江湖

唐诗牡丹宋词梅

开始了一场诗词盛宴

我托起李白诗百篇的酒

愁一次酌一杯

我有愁三千，玉壶装不下

今夜无眠

愁空了一壶心事

我是那千年不绝的笛声

我是那千年不绝的笛声
梅花随我共舞
山川与我同眠
我枝繁叶茂立地擎天
我春花秋果枯荣自赏
三皇之首仰目
百鸟之王来朝
吸造物之精气为笛
吮日月之神气为光
你我同生

我是那千年不绝的笛声
我笛声悠扬赛瑶池仙乐
我笛声绕梁千年不绝
我笛声让雁落鱼沉
我笛声使月闭花羞
我踏着南方那一场雪而来
我满腹经纶知宫商角徵羽
我一身功名似女娲济苍生
笛声悠扬
且有好酒
无人同饮

我是那千年不绝的笛声
一千年前我痛彻心扉
一千年前我双目失明
一千年前我便知前世今生
一千年前我在河东河西呼痛
一千年前我地动山摇粉身碎骨
汉水滔滔如风吼
楚山声声血猿啼
晴川无阁　蓬莱无岛
你不在，笛为谁吹？
笛不在，我情何依？

我是那千年不绝的笛声
为身的圣洁栉风沐雨
为心的纯净日夜祈祷
为爱的执着穷其一生
千金一诺
景幽茶香　竹摇笛响
且听我
千古不绝　万古不朽的笛声

笛声起
清湖碧水云淡风轻
高楼独倚闲庭信步
笛声清扬
地久天长

笛声起
松竹梅菊长相思
笑语盈盈暗香浮

坎坎伐檀
笛心不眠

笛声起
春暖花开朝大海
谷子未黄麦苗青
笛移我情
情入我心

笛声起
唱苏学士大江东去
歌柳郎中晓风残月
你我遥遥
扑地为桥

笛声起
洋洋乎志在高山
荡荡乎志在流水
山水琴瑟
笛声双叠
……
笛声悠绵
绵绵应有期

朝朝暮暮，千年之恋双飞翼
回眸一瞬，大好河山入梦来

空谷幽兰

我从山中来，带着兰花草。
种在小院中，希望花开早。

————《兰花草》

任铁杖芒鞋
踏遍云山千层叠
越古穿今，饱诗书，寒光斗射
纵有伟人胸襟，海天空阔
愫心寂寥，似雨打浪拍

夜未央，花未果
秋蝉骊唱，辜负那时节
下里巴人，乌合蛮野
笑我应是重来客
英雄气短，酒酣愁听风和月

回望千里狼烟
歌声起，风凛冽
萧萧易水寒，心中雨飘雪
再生渡兰
不与众草列，岁寒幽空
不肯依人媚，忠贞洁

此时，我不知道用什么语言来表达

此时，我赤脚走进黄沙，天空
夜深如墨
此时，我只身来到庙宇，外面
杀人如麻
此时，我手提 1942 年的江山，饿殍
横陈三千里

此时，此时，我想写点什么
可是，我不知道用什么语言来表达
我怕我的语言表达不好，我把山说成是穷山
我把水说成是恶水，就连我写的诗
没有平仄，歪歪唧唧
我写的太阳太毒，月亮太凉，大地太悲伤
我把春天写得太迟钝，太死寂
我把夏天写得太倔强，太寒冷
但，我还是要写啊
我写一条黄牛累倒在秋天的田埂上
我写一只公鸡鸣叫在黎明的土墙上
我写一条巨龙冲上云霄飞上了天
我写一棵枣树歪着脖子站在断崖上
此时，我不知道用什么语言来表达
此时，我知道我背负着

作为一个诗人所有的羞愧

但　我分明看见朝阳跃出海面

我看见离家的父亲回首眺望

我看见一阵风安抚小草

我看见露珠晶莹如银　马厩里点着灯

我站在秋天丰收季节的泪水里

不知道用什么语言来表达

千年之恋

千年之前
我生活在一个人的世界
握一把比秋风更冷的剑
站在寒风里
闪身拐进雨夜
夜比我的生命还黑
快意恩仇
我把我的世界
杀得片甲不留
一道寒光
照亮那些落叶的亡魂

我一个人的世界
开始出现疼痛和绝望
我站在雨夜的路中央
剑指之处
疼痛无处不在
而每一次痛
窗外的风便矮上一截
血液里的颜色就浓上一度
我开始觉得
当我从我的世界抽身离去

我的生命就开始离你越来越近了

一千年整
我的生命是一望无际的草原
天上的雄鹰
还有我的白驹
千年之后
你出现在我的世界
爱情毫无征兆地来临
比牡丹更妖娆
比雪花更细碎
黑夜开始发光
我用千年宝剑的刃峰
斩断一切疼痛
和所有关于风的影子　黑夜亡魂的消息

我许你焰火一般的爱情
我把我的痛苦积蓄成力量
我用整个世界来爱你
我已丢弃千年之前的黑夜
等你千年　恋你千年
哪怕脚下万丈深渊
可是在我眼里　万物生辉
只有春天

穿过江南的雨季

我拿起酒，倒出黄昏，灌醉月亮
剩下的便是诗
不出荷塘，不出南窗
依稀可见，远处灯火

风，为探花，轻轻拂过
月，为相思，煽动风
我，为诗？为酒？
还是为这万般风月？
沉醉，飞鸿是我的归路

不要等，秋水长天。没有尽头
不要等，千帆过尽。没有来路
不要等，斗转星移。没有念想
那你就等我吧，我有风有月
有诗有酒，还有飞鸿和归途

今夜路过你
路过你青瓦白墙的雨巷
我借诗下酒
穿过江南连绵不断的雨季
还有被这个雨季浸透了的乡愁

我在南方等雪

日暮。微风拂过窗台
泡一壶月，坐等雪的消息
眼神用眼神疗伤
天机用天机解密
梦想着，我抖动的手指，梅花蘸雪
梦想着，我疲倦的身躯，醉卧风雪
梦想一冬深，大雪漫湖月

江南雁归，凄凄晚来风
我心中隐藏着的一场浩大的雪啊
四海八地茫茫，我站在雪中央
一寸心念一寸灰
一夜青丝一夜白
若有雪至，你不猜来世，我不问今生
我只在，南方等雪

午后阳光

午后慵懒的阳光
洒在阳台上
用茶泡浓的文字
窗外桃李芬芳

穿过江南烟雨遥远的记忆
我把温暖捧在手心上
一弦一柱一朝阳
一亭一书一缕香
春回大地复苏的嫩绿
令人心驰神往

拥抱沧桑

我的双眼，满是你的江湖
我们只能隔空相望
很远，很近，又若即若离
你用双手捧着我
许下的诺言。三生三世
十里桃花。风用文字
乱你浮生，雨用文字
乱我余年。我用双手拨弄
大地的琴弦
一世弹风月，一世弹风光
而这一世，琴弦如水
时而凄美，时而忧伤
我张开的双臂，落在半空
拥抱红尘，越不过的沧桑！

这个季节，太阳很冷

这个季节，太阳很冷
窗台透过的阳光
在秋天里种下因果
千年的烟火
在室内，花红成香

风起时，你无动于衷
且娇艳欲滴
你翠绿的裙摆
被念及的清词又瘦了几分

我在年终的最后一个月
等一些不知名的句子
开花，结果
就像此时，映入我眼帘的蟹爪兰
时光静好。煮一壶滚烫的阳光
不说江山，不说美人
问一句：你可安好？

第四篇

PART
4

时节有序，千里同风

梅开万朵迎新年

朝阳迎新，元旦霜寒。

千秋又添新岁，携手卷帘。

独上凭栏，一阶一阶漫。

多少激情，上下求索，不惹红尘劫怨。

衣不沾尘，腹有乾坤，江山踏遍。

多少诗与梦，化作流年声声唤。

冷风拂面，又一轮华年。

菩提此去千山路，拜请沙鸥代探看。

一溪芬芳，江山尽染。

千里冰雪，亭台楼院。

记得年少时，手捧诗书，沙场醉我千千万。

箫声起，晨雾散。

庭梅邀我立花前，不教风雪独自寒。

东风唤取三分暖，万重云霞映九天。

望蓝天，天披云锦，锦绣千丝凝作画。

迎白雪，雪润蜡梅，梅开万朵迎新年。

触摸春风，再上征程

触摸春风
我从遥远的记忆中走来
童年的心事
素白的光阴里
藏着对文字的爱恋

一纸墨香
在丰寒文学的文字里
我寻找年的味道
鞭炮声中
似有故人踏月而归

倚着时光的门扉
诉一笺心语
将所有春天的故事
安放在梦里
初心如雪

丰收岁寒
怀一颗无尘的心
你来，或是不来
丰寒文学

唯美岁月的印记

关山万里
一弦锦琴望飞鸿
雕梁画舫，年年春柳
江上斜阳弄轻舟，再上征程
笔墨耀春秋

今又元宵，我把灯花写成词

一、

岁岁元夕时，狮舞灯花会。
看那脸儿俏，看那眼儿媚。

月照水如银，柳系青山翠。
缓步入罗帐，写首相思泪。

二、

那年元宵夜，我正青春少。
抬头月初圆，静待花开早。

今年元宵夜，世事多纷扰。
且把年少情，化作相思鸟。

三、

今是上元时，月华满西楼。
相思铜镜里，人与花同瘦。

满笺付瑶琴，闲赋不说愁。

听着那时歌，系个鸳鸯扣。

四、

本应今宵相聚，奈何偏又分离。
恍如旧日写相思，空有诗情画意！

年年岁岁元夕，月圆此景别离。
雁过孤丘断肠词，一场前尘往事！

五、

今又上元佳节时，剑胆琴心为谁痴？
花好月圆两相知。

谁把灯花春意闹，灯花烟火入诗词。
阑珊归处晚风迟。

情人·劫

二月的风，裹着情人的味道
门前光秃秃的树，留不住你
梅花正静悄悄地，含苞待放

你经过我
硕果飘香的季节，可
一片落叶也不属于你

人生旅途
有阳光就已足够
烟花柳巷，留不住春风

温室里培养出的多是虚情假意
我也等不到玫瑰自然开放的时候
千千红尘，我没有负你

谁的生命离不开谁的谁
但终究都逃不出一个劫字
我把这个字，遗忘在这春天里

二月，最后的一天

红尘恋恋，记忆中
二月的早春，没有花期

春阳，早已与我无关
就像这二月最后的一天
悄然升起的情感
再也无法触及星河

我在春日里，长满冰凉
又在春日里，把冰凉驱散

发髻轻盘，银钗珠翠
芦苇摇曳，江风浩荡
大雪覆盖一冬的生命
我又好像在这春天里，来过

清明·人间隐现的痛

三月的最后一天
我稍带一盏微微灯火
和半生风雪，身披袈裟
踏遍这烟火人间
我站在千山之外，听木鱼声响起
我不敢细听，这即将到来的清明
众生皆苦的低语
我在等一场浩大的春风
吹起我的袈裟
遮住这人间隐现的痛

陪您共度清明节

您熬过了这个冬天
庚子年，大年初一
您长眠于莲花山脉
您的魂灵纵贯南北
我的思念如潮水
包裹整个大地的沉默
整个夜晚的黑

您不是娘亲，胜似娘亲
天上一轮弦月
算如今三十年圆缺
我无法将两个世界重叠
屋后那块油菜地，杜鹃啼血
您几度几度回眸
我不忍，阴阳两隔

在兰溪，这个清明节
纸钱在烧，香火未灭
油菜花开
我的泪滴澄澈
您无声黑白
春风十里

三泉没了颜色

今生的痛，余生的泪
化作清明词一阕
离肠成愁成心结
蜡炬成灰成永别
喊您一声娘亲
渡风渡雨渡日月
渡山渡水渡天国
这一世，您已匆匆来过
今后世世，子子孙孙
陪您共度清明节

五四，穿透死水的光芒

——读闻一多先生诗作有感

一沟死水
没有春风
从没有一支曲子
贯穿诗人四十七个春秋的悲凉

红烛有泪
七子无家
从没有一首诗
飞扬起诗人四十七个春秋的激昂

一只红烛
唤来春风
把死水照亮
星火燎原火光冲天光芒万丈

百年"五四"
龙的传人脚步铿锵
百年"五四"
诗人永不屈服的脊梁

5·20，共享一段好时光

流水无意，春不住
落英醉柔肠。初夏开新
槐花胜雪，芍药辉煌
清风摇翠，花开尘香
月季也疯狂。那楼台月色
疑是霜，知是光
陡生暗恋心上

夕阳斜了，星空高了
身心倦了，我们老了
一切繁华皆过往
与谁共留春？兰亭溪畔
姿透芬芳，共享一段好时光
五月鲜花，恋爱季节
谁惹思量？

七夕·情念

那年七夕
天上银河水清浅
双影共婵娟
碧水送清莲
相见一时欢
是谁染了蛾眉
纷飞了流年
一枝淡荷一清泉
一缕烟波一夜眠
你共我，月圆正中天

今又七夕
山高水长天外天
念你在心间
一条天河两行泪，泪湿了情感
一双望眼两生花，花开了情缘
风云隔，愁绪展
问银河，架鹊桥
相聚何又散？

红尘有你，就有思念

我路过江南烟雨
路过小桥流水
路过清风明月
路过关关雎鸠
也路过你我曾经走过的伤痛

忽忆起今夕七夕
我用文字嘘寒问暖
我用大地的苍茫涂抹我的孤单
红尘有你，就有思念

月圆正中天

又见中秋月，清辉似水流。
海阔天高远，一抹斜阳愁。
莫问梅花雨，小楼昨夜空悠悠，
寂寞尘世里，不照旧妆楼。
那日花开月正圆，星光树影两悠然。

一雨一番秋，天涯望断意难全，
醉里挑灯看剑，中秋月明独凭栏。
回眸佳人顾，谁在河边放纸鸢?
不是不怜花，皆因花信错。
来生若有缘，并蒂开和落。

月圆夜，人未眠。
陌上花开，一世绚烂。
但愿人如天上月，月圆正中天。

今夜，我用手机，拍到了月圆

今夜，我用手机，拍到了月圆
一湖灯火，时间如水般流转

一轮明月，没有渔舟唱晚
沉醉，月圆的影子掉进河里

你我如梦，古今如梦
都见今时月，仿如隔世

盈满的酒杯，倒出轮回
短暂的抚慰，夜泊生命的尽头

至于这尘世，挂着的这一轮月圆
早已被人选作良辰吉日

我只能在背后的影子里斟满月光
寻找下一世的星光灿烂！

今夜，明月与谁同醉

亭台轩榭杯盏抚琴
碧水微漾皓月当空
曲亦终，人亦散
雁过萧萧
岸畔青山伴秋水
林间物语蝶恋花
窗垣不倦丹青色
一汀秋雨珈蓝渡

你共我：
一程山水，一段年华
轻舟载不动过往
晴空留不住晚霞
道间花影摇窗，芬芳馥郁
君须知，最是橙黄橘绿时
心不倦，风拂面
落红入泥点点残

我复你：
一亭花好，一轮月圆
今又中秋，瘦影清晖
蓦然回首，一枚枫叶

曼舞浅笑清欢

一支旧曲，低眉不语

沉淀的心事，月华如水

一轮前尘旧事

此刻，关山万里

举杯邀月，不知今夕

明月与谁同醉

铭记历史，创造更加美好的明天

——写在第八个国家公祭日

长江、黄河横越的山川
日寇犯下的罪行海浪滔天
不能忘却
曾经繁华的金陵，生灵涂炭
惨绝人寰的南京大屠杀啊
激怒华夏儿女千千万万
华夏文明流淌的历史啊
道阻且长，道阻且艰
每到十二月十三日
防空警报响起
悲动万里河山
一壶浊酒酹逝者
忘却，意味着背叛
这段屈辱的历史啊
永久地烙在生者心间

如今之中国
重新站在了世界民族之巅
新时代如金色的灯盏
光芒照亮了远航的风帆

如今之中国

决不允许任何外敌来犯！

黄河、长江、长城

铸就了亘古的河山

改革、开放、发展

祖国繁荣富强璀璨

我怀揣质朴的情感

将满腔的热血

燃烧的信念，与祖国，您

一起创造更加美好的明天！

今日冬至

你的笑容，宛在水中央
太阳照过来，冰清玉洁
明眸善睐般，光滑，闪耀

云之外，水之旁，这人世
所有的美好，在今天
凝固成冰。醉碎的阳光
洒落一地。一壶浊酒
倒不出似水流年

骑马或棹舟，水边轻浅处
一层层慢慢叠加，雪正宛转
风紧，风寒
九九严凝，寸草倦天涯
你至，冬至

想·平安

平安夜，我翻开一本珍藏了
二十多年的粮票，勾起我
对小时候满满的回忆

那时我们还没有平安夜
也没有圣诞节
饥饿像野草般疯长，那时的粮票
只有吃商品粮的才有
而更多的人，没有救命的许可证

父辈们，挤过命的路
如今都收藏在我的书房里
我想，如果没有改革开放
这条路，是否能够通到今天
享受这平安夜里的平安？

离人泪眼

世事常经起落，
人生几度悲欢！
匆匆多少旧容颜，
空惹红尘聚散。
淡看无边冷月，
笑谈似水流年。
那时山海纵怡然，
多了离人泪眼！

感恩遇见

你铺开一张纸
纸色泛黄，我拿起笔
填一阕蝶恋花
在为你天地玄黄的叹息声中
我尽力，在这尘世间
填满幸福

人生如风

出生的地方
固定不了我人生的高度
只要有一阵风
或借助一阵风
风的高度，便是我的高度
风，忽高忽低
那是我跌宕起伏的人生！

依稀中，一帧片段

那年，高中毕业
我考上了西北的一所大学
那是我第一次出远门
第一次坐火车
同座是个女孩
和我差不多大年纪

一路上，我没说一句话
她也没说一句话
只是，下车时
我的左肩衣服上
全是她的口水，和头皮屑

品人生沉浮

春风还不暖和
小院的门依然关闭
清明时节的雨还没有消息
陌上的野花，初生蓓蕾

我，只有在正午
抓捕一些阳光，温暖诗心
远处的天空
飘着浅蓝色的孤单

劳劳尘世，我用
滚烫的开水
掺入，冰凉的人心
沏一杯茶，品人生沉浮

月照金樽，凤箫声动

我站在高山之上

我站在高山之上
努力感知余生的希望
有时风吹来沙子
感觉希望就像是被折断了的翅膀
你也许能看出
我的微笑里有几分惆怅
因为我咽下了
一个被打碎的月亮

一片黑暗之后
我不小心走进了你的荷塘
所有孤寂、落寞、失眠的夜
还有那一树一树花开的理想
都在那高山之上苍穹之下
被我一一包养

我的人生很痛苦
但有时又豪情万丈
且万丈光芒　　所有的美好
只不过是你看到的虚无
就像我站在高山之上

人生如梦

劝君更尽一杯酒，风月镜里演春秋。
多少才子佳人，青丝变白头。
多少帝王将相，富贵换荒丘。
生旦净末丑，逢场作戏也风流。

这人生，繁华如梦，玉人幽幽。
这人生，江山易老，拂了衣袖。

劝君一醉解千愁，箫声吹散难复收。
多少悲欢离合，终归万事休。
多少儿女情长，毕竟水东流。
意满功名就，算来烟雨黄昏后。

这人生，繁华如梦，玉人幽幽。
这人生，江山易改，拂了衣袖。

新卷珠帘

白：
清清的河水
照着你
也照着我的相思
谁家的阳台
晒出花容月貌？

柳烟深处
望着已走远的你
失落了一个又一个
清晓黄昏

故乡的石板上
烙下的每一个脚印
再也卷不起
属于你我的天空

词：
梨花白　柳如烟
一帘春梦满庭院
莫道红尘浮华
怕是改了朱颜

画你在眉间

揽晓月　共枕眠
一抹春红长亭远
莫道情深缘浅
怕是误了流年
爱你在心尖

啊，为了谁
人未眠　孤灯残
卷珠帘　天涯望断
落花流水空山远
我愿等你在忘川
不为超度
你是我前世的青莲

啊，为了谁
憔悴了　镜中颜
卷珠帘　胭脂泪叹
月满西楼夜阑珊
我愿等你过千年
不为红尘
你是我今生的爱恋

半碗月光

细雨敲打青花油伞
你的秀发微微乱
河边细柳渐渐天高远
茫茫人海何时见
采撷半碗月光取暖
我的思绪万万千
梦中鹊桥难会月半边
桥下共影不复见

半碗月光照无眠
秋千共锁凭栏盼
一池清荷香如故
流光过隙柳如烟

半碗月光照无眠
胭脂香味秋水翦
枕边相思绾成扣
空留我一人孤单

我的思念在远方

我的思念在远方

在一个偏僻的小村庄

没等江风秋月白

我踏上旅途离开家乡

天涯共赏一轮月

月惹相思想你俏模样

江枫渔火晚风唱

四海无人对夕阳

我唱我美丽的姑娘

我唱你穿着我的嫁衣裳

大红花轿唢呐响

梦中你我共饮醉一场

我的思念在远方

在一个山村的小学堂

没等四年枫叶红

你要做别人的新娘

清苦凄凉天边月

还有那流泪的红烛光

错是那年秋月夜

心心相印琴弦上

也曾让鸽子捎过信
也曾带着星星去见月亮
高山流水天然调
如今不知流落在何方

百年辉煌

你从南湖走来
南湖碧波荡漾
你从延河走来
延河玉露琼浆
你让曾经黑暗的中国
点燃星星之火的希望
你让曾经沉睡的大地
傲立世界民族的东方

百年风雨，百年沧桑
为人民服务，使命荣光
一辈又一辈共产党人
用生命践行祖国富强

你从昆仑走来
昆仑振奋激昂
你从长城走来
长城热血流淌
你让曾经贫瘠的土地
实现了全面奔向小康
你让曾经孱弱的中国
站在了世界舞台中央

百年历程，百年辉煌
为民族复兴，共谱华章
一代又一代共产党人
用热血书写中国梦想

归　来

——献给最美战疫者

你出发时
天色微微亮
你一心要上战场
我点亮心灯为你护航
送你离开家乡
我美丽的姑娘
冷风吹落　一地霜

我醒来时
雪花纷纷扬
你我已天各一方
可惜我不能陪你身旁
你的脚步匆忙
我美丽的姑娘
江城的泪　滴成伤

我美丽的姑娘
你胜利归来
江面波光荡漾
黄鹤飞呀
油菜花儿黄

在我心中
你是英雄天下无双

我美丽的姑娘
你胜利归来
江城洒满阳光
黄鹤飞呀
迎春花儿香
在我心中
你是英雄天下无双

书墨年华

浠水县兰溪高中，是一所寂寂无名的乡镇高中，二十世纪八十年代末九十年代初，我在那里度过了三年高中生活。在社会发展进程中，伴随着教育改革，如今这所高中不复存在。创作《书墨年华》，致敬那段逝去的青春……

——题记

兰溪河畔，青翠的草地上
野花几朵？
我们十八岁的青春
刚好从那儿路过
那时你的眼里
还装不下年少的我
你心中向往的世界
更为精彩和广阔

莲化山上，微寒的秋雨
滴落有几颗？
梦里经常想起
几度花开几朝雨落
多年以后，我们天涯海角
四处漂泊
我们又用青春热血

激起浪花朵朵

不忍放下，不忍坠落
尘世繁华，尘世坎坷
年少轻狂
是一首无言的歌
书墨年华
是一团燃烧的火
那时我们的小心思
都藏在心窝窝

登鹳雀楼

远山近水　连绵不休
黄河之水滔滔向东流
秀美风光总在千里之外
极目远眺更上层楼

白日依山尽　黄河入海流
欲穷千里目　更上一层楼
秀美风光总在千里之外
极目远眺更上层楼

白云黄鹤千载悠悠
江上斜阳凫背没烟洲
高山之巅曾忆林黛峰绿
拾级而上解我烦忧

白日依山尽　黄河入海流
欲穷千里目　更上一层楼
高山之巅曾忆林黛峰绿
拾级而上解我烦忧

人生若只如初见

夜色流淌路漫长

天涯何处是我家乡

煮一壶烈酒饮尽这过往

一轮明月擦不干泪光

你说离开后不再相见

夜凉如水湿衣裳

雨露结成霜

我心为你疯狂

举杯醉容妆

我的笑容为你珍藏

人生若只如初见

叹余生太漫长

披一肩皎洁月光

我心独爱眉间心上

诉一笺心语梦中醉一场

柔情似水剪不断思量

所有的挽留化作念想

天涯横断夜未央

岁月空流淌

我心为你惆怅

邀月诉离肠

我的孤独为你悲伤

人生若只如初见

叹余生太漫长

红　颜

落霞如飞花如醉
满园春色人憔悴
红酥手，离人泪
江山不比红颜美
钟鼓馔玉不足贵
栏杆拍遍只愿醉
爱字苦，情字累
缘字好比一江水

床前月光洒满凄美
衣带渐宽感动了谁
爱你的眼爱你的眉
爱你的心肝是宝贝

沧海桑田几多轮回
弱水三千只要你陪
爱你的眼爱你的眉
爱你的心肝是宝贝

那年那月那花香

那年身在兰心阁
一见如故
风吹动那月光
便惹黄花瘦
残影独上楼
望断河东水
往事悠悠

那月去了紫云阁
抽刀断水泪横流
依稀笑靥明眸
恰似花染月幽
一去哪堪秋
好梦难留

那花香如故
月且圆　还何求
纵是千金换一笑
功名铅华　能买几樽酒
菡萏难成藕　愁更愁

霓裳舞曲

天阙沉沉
十里嫣红桃花
贵妃的美呀
生长在寻常人家
碧云仙曲
大唐旌骑铁马
明皇的爱呀
滋润你闭月羞花

醉一场盛世繁华
看你的丰姿　　貌美天下
一曲霓裳舞
演奏成马嵬坡前
惊天动地的厮杀

饮一壶忧伤月色
听你的缠绵　　金钗秀发
一曲霓裳舞
演奏成马嵬坡前
惊天动地的厮杀

大漠英雄

云海茫茫，穿越大漠
向死而生，风沙石磨
磨出多少岁月的斑驳
心中流淌一条大河
生命支撑向往的烟火
选择了远方就没有对错
秃鹰盘旋，日子太薄
风沙响起，信念执着

驼铃声声响彻大漠
不舍昼夜没有日落
啊，你是天地，大漠英雄
黄沙漫天，你用生命穿过！

平沙莽莽，穿越大漠
万古盘天，不废蹉跎
心中那一团熊熊烈火
跨过高山翻越大漠
严寒酷暑用生命来过
马蹄声疾弯月解开心锁
大漠如雪，坐雪成河
风沙飞扬，尘起尘落

驼铃声声响彻大漠
不舍昼夜没有日落
啊，你是天地，大漠英雄
黄沙漫天，你用生命穿过！

意随风起，风止难平

问三月

三月，有点小调皮
惹恼了，在我老家下场冰雹
惹高兴了，下场太阳雨
不知道，这场北方的雪
算不算温柔？

人间四月·风

四月的风
弹拨着
水边的烟柳
火树的樱花
葱葱绿意
晕染了江南

四月的风
飘满了情人的味道
玫瑰　在街角怒放
巧克力　包裹在
斑斓的玻璃纸里
来去匆匆

四月的风
像琥珀色的液休
晶莹流转
燃起的红烛
在烛影里飘摇
等你　静静等你

四月的风

轻扣着窗棂
门扉
开开合合
暗色叠涌中
失去了你的方向

四月的风
轻拂烛花
执杯的手
已在轻颤
湮湿的目光
迷茫在　旧日的黄昏

我人间
四月的风啊
你曾陪我
闲说诗文　落灯花
现已是
风卷残云　墨无痕

我人间
四月的风啊
月下的心事
空付了楼台
梦里回望
泪染了尘霜

任眉眼盈盈波自横
举杯　遥遥邀你
饮尽

这人间四月风

从此 红尘辗转

无相忘

纪念樱花

远望的痕迹，看起来非常出色。但其实，一些忠于个人的东西正在消失。

——臧棣

天色已晚的时候
我找不到回家的路
小雨霏霏
走不出太阳的高度
断线的风筝
圆不了牵手的梦
浮烟哒哒的马蹄
落英缤纷
又怎敢亲吻
卷帘人的红酥手

樱花烂漫的时候
我在金色池塘睡觉
手捧褪色的玫瑰
我听见杜鹃啼血的哀鸣
纵是昙花一现的风景
我已闻到樱花淡淡的清香
雨后的樱花
娇艳欲滴

一阵风后
我找不到　来时的方向
隔山之吻　爬不上我的大白马
又怎敢带你　绝尘而去
今夜的江南
你的樱花
我的爱

樱花遍地的时候
你不怕沈园里有位表妹
要包满园春色　酿黄滕酒
……
那天雨下得很大
你还是来了，带着
一身少女的纯洁
和一个樱花烂漫的故事
我奢侈地盼你
多待一分钟
可你走了
雨都留不住你

那一夜

那一夜，
鹊桥相见，
梦回银河对畔。
琵琶轻弹，
依依不忍说再见，
当年暗想，
溪旁见，
羞把薄纱遮面。
总想黑发到终年，
却怎料，
星河暗换。

远走高飞的渴望

我不断追寻
因为我渴求一片爱的热土
结果我来到这长年无雨的沙漠
埋葬了自己
熟悉的地方没有风景
远走高飞
是生命最深处的渴望

100 年前，我是菩提树下一株草

人有 108 劫，你才几劫？

——佛说

100 年前　河流干瘪的

说不出话

100 年前　影子从我身上抽走

在滴血

100 年前　漫天风沙

覆盖了我的生命

100 年前　那一天

大雨倾城

山洪暴发

浮尸三月　与天绝

水不去

潮不退

浪不归

100 年前　我是菩提树下

一株草

没有伤痛

无所谓生命

呼　痛

背景：（这个故事，其真实性犹如挽救丹顶鹤牺牲的姑娘）我高中的两个女生，她们住在长江的支流，一个河东，一个河西。1998 年我上大学回家看她们，她们发生了激烈的争吵，犹如 1998 年初夏波涛汹涌的洪水。淹没了河东，也淹没了河西。后来经过几轮伤心透骨的谈判，她们最后都选择了退出，亦如 1998 年 10 月悄然退去的洪水。作者当时的心情，请看诗歌。

河东街道的创伤平了
河西码头的泪迹干了
剩下江流汇合处
仍以万钧涛声
日夜呼痛

今晚的月亮与我无关

月亮还是往昔那轮寂寞的月亮
被遗忘的贝壳　盛满月光
搁浅在记忆的沙滩
一道银河沟
隔开你和我
你在河的那边歌唱
我在河的这边泪流
我想用我的泪水
填满整个银河沟
我想乘上牛皮做的舟
去寻找你的温柔
可是！可是！
无情的西风啊
你已把我吹得这般消瘦
只剩下我的皮和骨
在这无尽的泪水中
默默相守

听说，今天是中秋节
听说，今晚的月亮最圆
听说，外面的世界很精彩
听说，舞会的彩灯比星星还快乐

听说，你们的酒杯在碰撞中欢笑
听说，你们疯狂而歌
听说，你们花前月下
听说……
是的，那是你们的
今晚的月亮与我无关

关着灯的房间真好，一个人
月光苍白地流淌
今年的桂花开得很迟
所有的芬芳还在远方
我用泪水　浸泡
凄凉萧瑟的秋风
在时光的烟雨中
没有人去忏悔
这曾经的伤痛
我忧郁相思的情结
时时撩起我颤抖的心动
虽然我早已知道
缘来如此
我却无法用月光取暖
我只能在梦中　与你相逢

写给你

我们之间
隔着山，隔着海
这山无路可走
这海无舟可渡
这山海不平。但愿你：
一切安好，不负韶华！

我这一辈子太累
春天不属于我
花开的速度不属于我
就连黑夜的睡眠也不属于我
我只能拥抱萧瑟的秋风
和苍茫的大雪

来这一世，很多人知道我
但没有一个人能懂我
我只能用文字
尽量记录一些真实
有时这些文字
还可以为我疗伤取暖

所有的错觉和虚无

山一程水一程，就没有了
就像我
渐渐老去的年华

两字冰

起来搓手封笔处
偏偏鸳鸯两字冰
那年的情书
被遗忘的时光
当初浪漫的期待
无人心动
真正两情相悦
一心一意
才是彼此唯一的桥

幽窗冷雨一孤灯
料应有情
却道有情无
忆当年添愁恨
手握西风泪不干
一片伤心
无人语

留在雪中的花季

面对你
我总是显得那样苍白无力
且心事重重
错过了爱的花季
我　一个落魄的人
总好像留在一场大雪中
在北风里
紧握自己的心绪
感受生命的真谛

我在雪中徘徊　驻足　流连忘返
我两手空空　只有悲怆的目光
怅望苍茫大地
怀念你　曾经的花季
在大雪扑地的时候
失声痛哭
我始终无法抱怨雪的命运
总渴望被大雪覆盖
深深埋葬
从此找不到路
我体会不到身体里残存的消息
也不知道为什么

要这样放弃

人生有涯　花开有期
人生无涯　花落无痕
生　只问花开时　莫问花开处
秋天里
落叶缤纷了岁月
花瓣已凋零成泥
如果有来世　我还是愿自己
爱的花季　留在一场大雪里
留在一个人　对于美或者死的渴望中
但　这种爱
能在无声中　纵横古今　绵延千里

我在爱中死去

我是一棵树
山中一棵伟岸的树
出于造物主的恩赐
配我一株藤萝
一株生长茂盛的藤萝
并借助我的力量
疯狂地向上攀登
因为她渴求——
海的岸
山的峰
晨曦中的第一缕阳光
为了攀高
和着攀高后虚荣的快感
不惜扭曲自己
并美其名曰
尽管走了许多弯路
还是努力向上

我煎熬我的痛苦
并被华丽的外衣掩藏
只是在有风的时候
我才敢肆意左右摇动

并在摇动中寻找放松的感觉
因为我渴求
自由

终于有一天
我在缠绕中死去
和着我伟岸的身躯
轰然倒地
在弥留之际
我听见一个声音在说
这就是爱

我亲爱的藤哟
没有我
爱将长在哪里
你何苦要
将我爱死

哭泣的海

来去自从容
把盏临风。
大海哭泣叹英雄，
误入溪旁花深处，
履履难重。

成败任西东，
此恨无穷，
为了豪情谁与同？
孤守凄美平生任，
踏雪飞鸿。

醉江南

那年青州
烟雨迷漾
你撑来一把伞
一把很矜持只能容得下自己的伞

往事闪烁
流动的记忆
存念的心事
如清泉
如拂晓
望尽飞鸿
断残阳

你一缕缕拂走
又款款而来
带着天边的云彩
和　一把伞的故事
蓝了天青了山
春回大地
醉了江南

诗文三篇

金色年华·感觉篇

沉淀一生的落寞
冰心在灼烤中融化
凝固的血液已然沸腾
颤抖中期待火中重生
不知太阳何时起
不知晚霞何时落
直至今日　在木木小屋
才有了感觉
……

金色年华·爱情篇

木木小屋微含心事
水乡的琵琶绽放成金色的牡丹
月光下的绸衫柔软如水
雕花镂空的床榻上
暗香浮动
龙嘴里掉落的绣花鞋
惊醒了初恋的羞涩
一阵激情之后

水的记忆里开始出现惊鸿的倒影
小木屋四壁骤然响起的光辉
分分秒秒都在印证
紫檀木幽香的爱情

金色年华·相守篇

这天地宇宙之间
风可行船
雨可走路
沐浴金色年华
捎带点心事
为的是　面对你　面对爱情
你　在木木小屋
悄悄向我走近
抚去我的泪水　长发少女琴
今夜　所有的鲜花为你开放
所有的笛声为你吹响
我用眼睛和你说话
在木木小屋　与你　相守

红尘渡

——几世轮回，又见雷峰塔

那年　西湖
风骤雨急
你我同船
我借伞相送
凝眸深处
心波微漾

我执起你的手
看着你的眼
许下诺言
碧桃影深
夜色销魂

滴水穿石
你修炼千年
却躲不过
翻云覆雨的手
雷峰塔下
泪雨夜露
又是千年
可　我的生命

微薄而短暂

娘子　几世轮回
我又来到你的塔前
我的心潮如火
我的泪眼成冰
断肠声里忆前世
负了你的情
泪偷零

夜色苍茫

月落千山黑
枯寂心事
由南由北
红尘恋也无凭
草木枯了颜色
抛下三江星星雨
依然成过客

三生缘未定
问红尘谁歌风雨歇
夜色苍茫
声隐约
意萧瑟

秋　叶

留不住翠绿
也留不住金黄
仰头望西坠的红日
南风追着南风归隐山林
这个季节本应属于我
但现实除了西风还是西风

生命的绿
要么如江水，绿得醉人
生命的黄
要么如灯火，黄得灿烂
就是最后的凋零
也要笑着飞！

我不能出卖自己的灵魂

（一个饿着肚子的诗人，为了生计，偶尔也坐诊，做做心理咨询）

诗人：有什么事？

某甲：我和女朋友分手了，痛苦。

诗人：纷纷红尘，聚散都是缘分，

　　　有什么好痛苦的？

某甲：我想来讲出自己的故事，

　　　您帮我写一首诗，送给女朋友。

诗人：我从没为别人写过诗。

某甲：我看您朋友圈写那么多诗，

　　　帮我写一首，我想买您一首诗。

诗人：那都是来自我心灵深处的顿悟。

　　　我从未帮别人写过诗，

　　　更不卖诗。你的痛苦，

　　　那是因为你没有放下，

　　　万物皆虚无，放下

　　　可以涤荡心灵。

　　　……（某甲打断诗人的话）

某甲：我不是来聆听教诲的，

　　　我只不过想买您一首诗！

诗人：我不卖诗，诗是我的灵魂，

　　　我不能出卖自己的灵魂，那样

我的肉体很痛苦。

某甲：……

诗人：来，下一位！

我与诗

你所见所听所感所悟
那便是我。我不辩解
但我决不用浮云装扮我的肉身
我所见所听所感所悟
那便是我写的诗。我不解释
但我决不用浮华鼓噪我的灵魂
不然，我的肉身与灵魂
都会在痛苦中煎熬……

我是你，最后无法选择的路

多个朋友，多条路
走过半生，我成了你的路
多少次，我问自己
谁会成为我的路？
我闭目，我不说话
风吹过故乡，雪落成白
窗外灯火通明
又是良辰美景！

生日，远方有你

借今日暖阳，看花开花落
借苍穹浩浩，看云卷云舒
借飞天衣袖，看霓裳舞曲

一缕暖阳，一碧苍穹
一卷无水，一轴留白
天宇茫茫，紫气升腾

今日，花香四溢
我的生日，我的江湖
心在咫尺，远方有你

往事如风

你，初妆绘的年华
隐藏在千年画的笑意
似清晨里的一抹清香

千年之前，春光明媚，我等你
千年之后，暮色凋零，我等你

浮生白头，醉醒梦中人
江南天青色烟雨
我落笔成霜，醒来之后
才知道，往事如风

但为君故，沉吟至今

汨罗江曲

公元前 278 年
汨罗江奏出宫商角徵羽五种音符
像雷像电像大雨倾盆
奏出一个八百里洞庭
爱有多长，汨罗江就有多长
爱有多深，两千多年，不断加深
离骚里，你哀民生之多艰
天尊不可问，你忧心忡忡，愤而问天
你衣袂飘飘，彷徨不得志
唱楚歌时，剪断那些恨
你将汨罗江的水分成一个个水滴
每一个水滴奏成一支曲
让天地在上面跳舞
两千多个春秋齐声歌唱
你纵身一跃，天地拉起两根弦
发出那个时代的最强音
从此汨罗江的上空奏出七种音符
发楚人离骚、九歌、大招之声
气壮山河，日夜问天！

编钟音韵气吞日月
一沉风悲切，一沉雁长嘶

金戈铁马走进残秋的黄昏里

楚国演完春秋洗去浣纱的尘埃

屈子捧着一樽玉液光影

在汨罗江浑浊的河水边沉吟

诗人无心眷恋故国求索霸业

用幻化了的色彩

与大司命少司命对话

落寞了的向晚星光

挂着一轮孤独弯月

诗人最后用七种音符的曲子

把自己的身躯融化成水

装点成记忆

记录一个诗人的铮铮铁骨

和永不屈服的脊梁！

悼念袁隆平院士

金碗银碗，没有米
端起来都是空的
因为有您
稻谷丰，仓廪实
国家有幸，人民有福
您没有走，从此后
一国的稻子都是您

闪耀星空

大雪纷飞，暮色中
哥哥总是把炭火烧得旺旺的
我们围坐火盆，话家常
这是我对春节最温暖的记忆
曾经是我生命
闪耀星空照亮山河的人啊
紧紧抱住这薄凉的人世
离我而去了。灵幡晃动
我双膝跪地，哭泣
每年秋冬，我看见落叶
就开始想您。哥哥
您是我思念时，豪饮的一杯酒
远在山河的故人啊
当繁华落尽，哥哥
有您名字，来过的痕迹

清明·念·徐宏大使

徐宏，湖北浠水人。曾任巴巴多斯、荷兰王国特命全权大使兼常驻禁止化学武器组织代表、外交部条法司司长。2021 年 3 月 7 日因病在北京逝世，享年 58 岁，卒于春光中。写此诗，以兹纪念。

——题记

春天本应是一个充满希望的季节
而你却永远留在了春天里
五十八岁的生命，春天因你而落英缤纷
四口塘没有了，但傅家湾那棵银杏树还在
冬天太过漫长，春天的脚步太过匆忙
疏影隔一水，青墨隔一巷
你来，风雨可期，烟花可期
你去，诗歌可期，辞令可期

故乡的霜露染白了你曾经住过的青砖瓦房
春风跨过清泉吹绿你曾经走过的大街小巷
夕阳洒落屋脊照亮你曾经回望父亲的背影
这个春天，这个清明
一滴眼泪可以淹没你从四口塘到联合国曾经走过的路
一声叹息留在故乡坐地起尘吹起你曾经外交官的梦想
如今，春天没了，路没了，梦没了
但是你，作为一名外交官，丰碑还在

香港回归，南海仲裁……你留下的文字还在

乡音叩晚。春风负你万里河山
这个春天，这个清明，我为你
在纸上种下，满天星河灿烂
你是 1981 年浠水的状元啊
你是天之骄子国之栋梁啊
五十八岁的生命定格在这个春天
纸上的春色，生命的悸动
辽阔的诗意，泛滥的思念
不及你用信仰留给故乡的满目青山

拓纸而出的生命，我以血敬献
在我的诗句里
你是横在时空界点的火花
你的生命太厚重，只有天地可读
2016 年，初春那场雪，洁净，清扬
我与你相识。而时过五年，你却走了
我的叹息消散在风中。没有归期
你的声音响彻联合国
愤怒时，你如炬的目光，让对方顿失狂妄
激情时，你冷峻的目光，化干戈为玉帛

今夜，没有山没有水没有春风
今夜，我想传觞，你想同酬么
一杯敬明月，一杯敬故乡
一杯敬烟火，一杯敬夕阳
酒醉入梦难期，今夜一哭
只拓却，故乡对你的思念：
江南有浠水，溪水何澹澹

不为高度，只为那一世的仰止

——寻找仓央嘉措

你转山转水转经筒

只瞥一眼　菩提花开　目光缩回

我爱的人清瘦，寡黄

雪域，高原，鲜花，野草

向死而生，马蹄山水间，烈酒怀柔

听梵音，朝圣，打马，植春苗

流离的生活，没有乡愁

行者无疆，朝圣时朝圣自己

度众生易，度自己难

跪下，匍匐，站起又跪下

拿起又放下的周而复始

酒精下去，头发开始生长

袈裟还你，教戒还你

那一世情长

酥油灯燃到天亮

钟声从寺庙传来

你坐化成山，布达拉宫的高度

天葬时，白雪铺满沙漠秃鹰盘旋

江山美人佛经尘世

归来时，佛珠撒满一地

你用前半生寻找后半生失去
只因一颗不佛不俗的心
跨过红尘跨不过佛　还有那
中途归来的宿命
最后只剩下诗

那一世
天地无日月四海渺无水
我只见高山我匍匐而行
这一世
我为山而来，不为高度
只为那一世的仰止

祭·念

拔尽一片荒草
摆下几杯冷酒
烧上几捆纸钱
培上几抔新土
春雨如丝
这般消瘦
荒草含悲
这是离愁
坟前两棵翠柏
年年依旧

薄命长辞兄已别
冰霜摧折沿河柳
问人生
凄凉否？
今又清明
身在异乡
想起哥的时候
春光不与往日同
泪湿衣袖

念·世间再无三姐

我湾三姐，2020年3月8日病逝，享年五十九岁，卒于春光中。写此诗。
以兹纪念。

——题记

一念：樱花未放独自凉

每次回老家
我总是
三姐前三姐后地叫
每年春节
我总要
到三姐家：
三姐，拜年啦……
而这个春天
珞珈山下的樱花还未开放
三姐就
离我们而去了

二念：萧萧黄叶闭疏窗

听父辈说
我们是未出五服的亲戚

三姐嫁给广艳哥时
我上小学
三姐从大集体到分田到户
三姐经历过的苦
如同一双儿女长大后享过的福
三姐勤劳、俭朴、邻里和善
三姐短暂的一生
和着儿孙灼痛的眼泪
黄叶萧萧

三念：沉年往事立残阳

三姐，人如在天
浩宇苍苍
人如在地　烟海茫茫
三姐，见不可及
思不可望
蜡烛有心，渡口有泪
窗外，往事横飞
残阳凄凉
十里春风雁过孤鸣
世间再无三姐

别人家的新娘

羌笛响，曲悠扬
波面影成双

陌上花，白与黄
踏雪牧马场

三更鼓，在回荡
催我回故乡

草流萤，夜未央
花烛照洞房

掀盖头，抬头望
不是你模样

孤光月，冷如霜
夜色太漫长

叶已落，花已黄
鬓角已成霜

我的琴弦，弹奏不出忧伤

那些曾经的过往
再也无关风月诗和远方
所谓伊人，那是别人家的新娘

读　你

——没有终点的流浪，找不到来时的方向

你想纵身
知识的海洋
把太阳　吞下去
我想用
知识的钥匙
敲开财富的门
把太阳　托起来
你在东边
我在西边

你手里拿着笔
描绘春天
不留下冬天的痕迹
我肚里藏着海
打一个喷嚏
就会想起
那个残冬的故事
你是樱花
我是落叶

你把希望

写在发髻上

等待点燃的火

我拄着拐杖

守望着　这块贫瘠的土地

谁还会想

它会茁壮出爱情？

你是翅膀

我是浪尖上的一滴水

今夜没有风

你正欣赏荷塘月色

我站在江畔

远眺伊人的倩影

把诗雕在树根上　读你

月亮升起的时候

藕断残阳

吹痛一湖春水

你是风

我是船

梦中美丽的女孩

我独自徘徊
遥望天边的云彩
想起了曾经的爱
梦中美丽的女孩
你现在何在
你为何不来

我独自发呆
浸泡泪水的相思字
也很无奈
假使有你陪我
在黑夜漫步
星星听私语喔喔
月亮看我们交错的脚步
我唱一曲初恋的情歌
你幽幽地低声和

梦中美丽的女孩呀
我这般想你
你是否也在想我

我窃慕你，如同鹿窃慕溪水

我总是问自己：咽着泪水的笑容能撑多久；孤寂的世界是否一直通到天堂？神说：从你呱呱坠地时起，降生的是孤寂和悲伤；佛说：念你对光的执着，赐你 2004 年七夕前的一个晚上，鹊桥相逢。我诚惶诚恐，感激涕零。作此诗，以兹纪念。

——题记

之一：我为你而生啊，CC

我知道我用一辈子
都在等你
我为你而生
即使道路已经封存
阳光也不再温暖
在武大　在君安大厅
你那么皎洁　端庄　像纸上的月亮
我穿过迷茫的眼神和苍凉的大雪
我为你而生
成为你风中的旗帜
哗哗地抖动　哭泣
从拒绝到拒绝　从仰望到仰望
置身于高贵的魂灵面前
我怎能不哭　怎能不想

天国的落叶　无边的想象
最冷的是火　最热的是雪
你的光穿过我绵延不断的掌心
怎么吹也吹不散啊　阳光爆裂
即使我是风暴　洪水
怎么能让我相信你的躯体
会发光　会穿越
我是风中的断线　雪中的铁
没有方向　没有热度
神灵啊　派谁去受难
光与光已经接通　水与水已经融化
我为你而生啊　CC

之二：CC，是什么让我看见了神灵

告诉我 CC，你何时附下灵魂
成为我来生的另一半，我不能猜想
八月　是一个残忍的季节
高地的水在远处
凝固成冰冷的视觉

告诉我 CC，什么时候
你成了我的疼痛　我久别不去的痛
不，这不是真的，我开始回避
开始逃离，逃离沸血的心脏
过去吧　逝去的时间枯萎的衰草

可我怎么还感到恐惧呢
我分明看到了朴素与崇高
风　开始燃烧　光　开始背叛

我无比羞愧啊

CC 你说生活就是这样
就该是这样　而我却没有希望
我该怎样洗净自己啊　像水一样
不，像你一样自若　安详

告诉我 CC，是什么让我看见了神灵
一日三叩首　早晚一炷香
我双手合十　我热泪盈眶
让风闪光吧　让我赤脚穿过人生
穿过闪亮的沙子和水　穿过疼痛的命运
CC，命运多么残酷　多么漫长

之三：CC，有一种美丽在心中荡漾

就这样我看见了静止　我看到了
时间　我看见不哭的灵魂
风吹过的力量
是奢望吗　我不屈的刚强
在风中颤抖　在雨中绝望
我是怎样的妄想　我不知道
羞愧啊　我怎么能感到彻骨的
羞愧啊　你含笑不语

在这样的傍晚　我怎能不哭
你看到的是温暖与幸福
我感到的是寒冷与凄凉
同情啊　这世上最单薄脆弱的纸

穿透吧　　撕碎吧
是你让我终生萌动悲伤
是你让我看见　我的虚伪是多么的坚强
冷啊　是你让我用自己的牙齿
撕咬我的肺　心脏

天上的云彩　一齐低头　一齐向你颂扬
CC，有一种美丽在心中荡漾
春天已烧光了我一生所有的火焰
就让我一尘不染地离开
让我怀恋那洁白的灵魂　在水一方……

之四：CC，我听到了春天的羽翅，颤动的声音

当所有的神灵都退去
像风一样吹进树林，CC
我听到了春天的羽翅　颤动的声音
我在等待　等待时间
注满水并浸过记忆
我无法描述上一个季节
更无法虚妄未来　时间
在此处折叠而不是显现或重逢

CC，阵痛还在继续
一个白天　一个想象　就可以告别
我的手指　插进泥土　再也拔不出梦想
再高些吧　连巨翅的大鸟也会寒冷的高度
春天已翻过你对面的雪山　在冰雪的后面
我将怀抱春天　怀抱蜜蜂和花朵
等待黑夜降临　风降临

你会和鲜花一起摇曳

CC，你看到了么　春天的脚步　发黑啊……

之五：CC，时光的忆念撕扯我的肺腑

相见时　我少了一个心眼

没有牵住时光的手

竟轻易让共同的时刻

在不经意间默然逝去

CC　你走后　我又萌生起相思

那牵动神经的狂想

那撕扯肺腑的忆念

还有无时不在的疼痛

左右着我孱弱的心房

如果有一天　时光隧道竣工

我将倾其所有

买一张价格昂贵的车票

可此时此刻我只能回忆

相见时你明艳深邃的美目的顾盼

令我无法闭阖思想的窗扉

如果那一天还会垂青

CC，我将把分分秒秒当作三秋

百倍珍惜

千倍留恋

让有限的时光变得缠绵如丝

今天是你的生日

今天是你的生日
我不能陪你同风雨
更不能陪你家人看夕阳
我只能在异乡的天空
独怆然而泪下
我的泪水滚落不下我的相思
你也无法让我退缩飞翔的翅膀
年年九月
点点叶红
翩翩蝶舞
泪眼噙咽说祝福
岁岁还如今日
难熬相思苦

今天是你的生日
我本可以和你在一起的呀
你百合般动人的芬芳
天国的九月没有阳光
粉红色的玫瑰漫湿我的疯狂
我用成就堆砌成悲伤
像瀑布形成落差
这次是一千米

下次是一万米
生活多么可耻、无奈和牵强
我无法挥去曾经的爱恋
晚风秋愁浮动的清香

今天是你的生日
我用一辈子守候这分凄美
路边纷繁的鲜花和美酒
枉费几许韶华和白骨
我眼眶的容积太小
我爱情的心胸太窄
我未雨绸缪的渴望
也如飞蛾
扑那堆名叫死亡的火
但生命最强劲的潮水
能让你听到执着血脉的搏动

今天是你的生日
但亿万年前的今天
你也曾诞生
那时天上没有月亮
只有太阳普照大地
但你要问我是在哪个朝代
我可没记清
我只知道你的爱人
是一位才华横溢的诗人
他的文字里没有爱恨情愁苦痛泪
他只写风花雪月草木春
你们的幸福
就是诗人笔下悠扬的文字

那时还没有黑夜
上帝为赐你们良宵和温馨
从此便有了月亮
知昼夜
子夜荧荧月似蕊
琴拨你的心，眼恋眼
对饮一瓯春

今天是你的生日
我留下的这些文字
是否也如陈年的酒
多年以后
让唇齿留香
让我闭合的双眼
在黑暗的长夜
发出白昼的光
让我挥动的双手
凝固成静止的旗杆
记载越不过城墙的沧桑

哥，我想对你说

今夜　月华如水
哥　我想对你说
　　　　　　——题记

哥，没等到三十六个春秋
你就走了
走得凄苦
留下串串沉沉的梦
把不可多得的记忆
雕在石碑上
写难以磨灭的永恒

哥，还是家穷的时候
你交不起学费
破灭了你读书的梦
你常躲在角落哭泣
你要搬走一座山
敲开致富的门

哥，秋天收获的季节
你用一把斧头的智慧
劈开了那座山

也劈开了一个致富的梦
你点燃一支烟
太阳升起来
照亮门前
那棵参天的树

哥，大树硕果累累时
你却走了
……
孤寂如山的父亲
把痛苦的眼泪
埋在心底
让它滴血
白发苍苍的母亲
哭干了眼泪
她想搬回那座山
用三个儿子的贫穷
换回你年轻的生命
还有你年轻的妻子
苦守冬日的残阳
坐成望夫石

哥，火箭能上天
人类能登月
但医学没有
留住你的生命
你走得太年轻
和着刀刃般抽出的绞痛
你把最后的希望
带进了天堂

哥，春天　万股丝绦垂绿柳
你就折一枝吧
当作陆游狂笑声中的剑
斩断你折磨你病的魔
哥，夏天　大浪淘沙转空头
你就采一滴吧
当作王母娘娘圣瓶里的水
擦愈你折磨你最后的痛
哥，秋天　信誓相约黄昏后
你就找一天吧
当作你的祭日
哭垮牛郎织女的桥
哥，冬天　晓月佳人倚木楼
你就觅一位吧
当作你的知己
共同走进天堂的门

哥，每年山花烂漫的时候
我们都来看你
把对你无限的思念
化作清明的纸钱
坟前两棵松柏
有你安息的乐园

一道虹隔着的思念

匆匆那些年，仿如隔世
看世间繁华三千里
不如往日独酌一瓢饮
我来时万物生辉，阳春三月
愿我去时，秋风萧萧
红叶铺地。借我一寸光阴
我便可明月分辉，雾锁重门
叹岁月青丝变白发
惜那年光阴戛然止

我有时很累
就像冬天的雪飘不过江南
我有时又豪情万丈
就像夏季的风从南吹到北
但无论我走到哪里
我总怀念故乡熟悉的土地
和我热爱的亲人
故乡，年的味道最浓
风刮不动，雨冲不走，雪盖不住
我却站在每年浓浓的年味里
就这样老了
没有辉煌没有凄凉

柳树水边栽，明月照清泉
母辞三十九，丁香空凭栏
书山勤为径，高考出状元
江南有浠水，溪水何澹澹
青草漫河州，江水何田田
父辞五十九，迢迢路三千
天地影离离，影离子孤单
江南有浠水，溪水何澹澹
月色逐浪高，武大樱花园
十年寒窗苦，终成外交官
两度任大使，谈笑挽狂澜
江南有浠水，溪水何澹澹
向晚风轻启，夕阳映云天
文字留万世，著书立法典
疫送健康包，感动万万千
江南有浠水，溪水何澹澹
如梦化作影，游子梦难圆
本是文曲星，仙不留人间
何处春风起，托体同青山
……

今夜，千古愁云
一滴清泪，一地思念
我念你，故乡念你

亦如我家门前，那棵老槐树
我留不住岁月，岁月却留给我
几道深纹，我又好像从头来过

人走黄泉一抔土
子孙不觉万骨枯

哥，燕雀衔泥为子
冬暖夏凉不知人间风雨
别人思父思母思天地君亲师位
我念您天地不合万木不生
江河湖海无水草木枯黄

哥，我夜夜醉酒，双眼噙泪
知风知雨知天地日月星辰
知您我情深
您的生命短暂
但您却书写了一世繁华
我比天比地比江河湖海
比仁义智信
您是沧海，我是空中飘浮的云
还未形成一滴水

哥，高山，我只仰止您
我不攀天不攀地
不攀人世繁华
今生路短，来世
我还做您的兄弟

哥，我双眼成雨

我泪雨成冰
我抚摸您，一个高贵的魂灵
我恨自己，一身抱负
却没能挽救住您的生命
秋风萧萧，苦风冷雨
您御寒的衣服穿上身了么
我抚摸您
温暖的味道

哥，今夜无眠
再过一天，
就是您的儿子成家结婚的日子
蓝天格外晴朗
我却看不见您幸福的笑容
您一生的光辉
为什么那么短暂
我不要天不要地
不要江河湖海日月星辰
只要您，在

哥，我用双眼的泪水
写成的文字
百花凋零万木枯
天际一道虹
我在这边想您

我用十五年的奋斗，换回你今生的回眸

十五年的故事，应该找一个秋天去收割；远处的山，近处的路，一伸一缩，其实这也是一种收割方式。

——题记

地是山中的老虎和秋天的云
云在风中叹息　风被岁月吹干了影子
你在高山上离我而去
听风旋转回来的消息：
你渴望更蓝的天
可爱的人　这个世界你通过风来伤害我
雷声轰鸣着闪电　大海在波浪中打碎了水
我的内心很轻
但上天赐我一只鸟
注定要通过羽毛的努力
不停地在风中抖动
已经十五年了啊
我用十五年的奋斗　换回你今生的回眸
可爱的人　你的期限是水
命运注定我　要在下游
将你徐徐打开

十五年啊

我一下子好像年轻了十五岁

我要把你全身上下盖满私章

我要向全世界宣言：

你是我今生今世的爱人

我要把你占为己有

我要猛烈的搂抱和要求

我要向你证明啊

我一身上下都在爱你

云在天空漫步　风在大地轻舞

你的鼻子飞上我的脸

你的眼睛跑上我的头

春光一下子泻下来

惊醒了一江水

树梢　荷塘　月影

嘴角　微笑　女人

一打儿女　围着一群诗句

踏雪寻江南

满目的花草张冠李戴

落叶飘零斩断一切来路

两个女子争做同一个分子的分母

这一切发生在两个不同的世界

我青春的脸痛苦成青苔

我骑马跑到命外

在皇帝面前砍下首级

她们的马蹄在我的皮肤上跑过

我在月球上听到有人呼喊的声音

大地开始千疮百孔　洪水开始流血

海啸开始吃人

十五年啊

我真希望　再一次水漫金山
漫过我的头顶　涤净我的灵魂
我真想着一袭白衣
像你一样纯情，动人
天上的云彩陌生而美丽
神仙枕着贝壳，欣赏花和草
所有的颜色从布里抽出来
心的语言从天空飞过

因为你的黄棉袄
因为你的碎花裙
因为你的小雨伞
那夜　那人　那手
十五年啊
它们会永远留在我的心里
还记得吗
那年　青州夜雨
那天　你我一把小雨伞
那场夜雨还在下吗？
你的那把小雨伞还在用吗？
雨伞下低着头的人还是我吗？
雨在山的上面
草原带着风
几匹马追逐一只蝴蝶
一个男人咬着诗
看今夜的天空怎样破晓

十五年啊
你还没有踏上我的红地毯
所有的芬芳都变成镰刀的影子

镰刀飘过去就是云，就是风
我像大海　一路咆哮着哭泣
我付出的太多　太多
我用十五年的奋斗
换回你今生的回眸

太阳爬上来　灿烂我的脸
风吹过毡房和贝壳
云飘过月亮和熟睡的婴儿
我打马自远方来　捎一片北国的雪
娶你做新娘
白天属于黑夜　花属于速度
你属于我

三君片段

一、A 君杀猪

A 君选择了杀猪
三个月就出栏
肮脏里充满了激素的猪
黑黑的猪肉案板
雪亮的剁肉刀
手起刀落
骨肉分离
猪头、猪排、猪脚、猪尾……
一字排开
吆喝声中
淹没了他的青春

二、B 君和他的娘儿们

富丽堂皇的香格里拉大酒店
B 君深陷沙发里
在温暖灯光的照耀下
他在等他的娘儿们

她们是谁已不是很重要

道上的规矩就是倾听
若无其事
然后在既定的旅途上结伴而行
短暂的感动
一屁股的花花肠子

B 君的那些娘儿们
纷飞于左右　却不会进人心底
她们渴望 B 君
能将粪土变黄金
B 君又是多么希望她们
能视黄金如粪土
但他们都做不到
记忆的抽屉里只能装满一些名字
但没有一个肝胆相照的兄弟

三流钢琴师的黑白键盘
演奏着怀旧的老歌
也让他蓦然想起高中时代
邂逅少年的恋人
但没有任何心动的感觉
这个时代爱情变得简单
山盟海誓丧失亘古的魅力
床笫之后的分手
再无人独自伤感

每次离开时 B 君都要去一趟卫生间
一晚上的心事
在纯白的马桶里下落
带着水声的脚步穿过酒店的大堂

像一个纯情的少年
把自己有关的事情
关闭在第二天的新闻之外

三、C 君想做一回男人

C 君工作十年
被压迫十年
硬是没给他发财的机会
A 同学发了，听说是从杀猪干起的
B 同学升了，听说光娘儿们就养了十个
他开始无意于自己的工作
想做人　做一回男人
终于有一天　在梦中
他腰缠万贯　妻妾成群
灿烂的笑容映红了他的脸

致 静

听到静凄美的故事
我的心阵阵隐痛
很多时候　我都想拿起笔
写一首小诗
抚慰我　远方
受伤的友人

我想用秋天做背景
写一个女人　伤透了的灵魂
静　秋天本是收获的季节
如同你成熟的年龄
可他却离你而去
你不再相信
这个盛产爱情的年代
会风雨无情
你站在秋风里
夜长人寐听空街夜雨
高楼独倚看千帆尽过
那　·缕青丝哟
伴你几多失眠的夜
秋风在窗外悠闲漫步
我听见落叶无依地叹息

静　你从猫眼里

望着变形的人类

不再相信爱情

从此欲哭无泪

在绵绵的秋雨之夜

默默闭上眼睛

享受黑暗模糊的幸福

让获取这种幸福的喜悦

映红你的脸

让如泣的雨丝

细细密密地

滋润你的心

静　当一切既成事实后

你任凭青春与岁月宰割

世界应为你沉默

星光应为你难过而枯竭

那是一个漆黑的流泪之夜

你的诚实与崇高

透支了你的爱情

麻木了你的悲苦

静　任性的风阻止不了你的爱情

狂妄的海潮有时也恢复平静

就像今晚

明媚的月圆之夜

月影温柔地亲吻你的脸庞

把所有的痛苦与烦恼

统统消融

只要有高山

就有流水
只要有流水
就有知音
那就觅一位吧
毕竟它比冗长而廉价的海誓山盟
珍贵万分

静　我想为你
写一首世界上最美的诗
可我始终没有写成
因为我的思绪
揉成一团
我只好认真打点
把许多虔诚的祝福
拜托给秋风
祝好人
一路平安

今夜，我为你失眠

今夜　我为你失眠
我敲不开你紧锁的门
我拉不回你放飞的梦
我找不到重返爱情的路
柳絮飘飘
雨巷深深

今夜　我为你失眠
你说维纳斯断胳膊的美丽
你说春夏秋冬的轮回
你说狂风骤雨后的彩虹
落叶轻轻
夜色沉沉

今夜　我为你失眠
我哭　山河不配日月
我哭　长空大雁的哀鸣
我哭　山前雨后的竹笋
我哭　孟姜女曾经哭过的长城
我哭　纤云弄巧的鹊桥会
我哭　徐志摩笔下的康桥
我哭　泰坦尼克的爱情

月亮弯弯
泪水涟涟

今夜　古筝独啸
今夜　柴门虚掩
今夜　寒江独钓
今夜　你踏上没有回头的孤旅
今夜　你扯下远航的风帆
今夜　你转身的颜色
是我失眠憔悴的脸

我用手中的笔，描述一段也许发生了的爱情

江南有才子，岁逢国庆，便是他的生日。

手捧诗书，鲜衣怒马，只为武大而去。

珞珈山上，少年风华，樱花正盛开。

她，依水待妆，芙蓉面，应才子而生。

春思桃花朵朵，眉间朱砂一点。无争。

用一封书信，留下花痕，盖了心印。

算是那个，给了他爱情初吻的人。

正是人间四月天，爱情似彩色的天空。

月色轻盈，胭脂涂抹的江南，一支玉簪，

在他的画卷里弄笛、泛舟，春光荡漾。

他以峰峦为笔，轻描红尘过往。踏歌。

一个从唐诗宋词里走出的书香小女子。

一个痴情似水又云淡风轻的江南少年。

初夏的影子在莲花山上浮现，凉风习习。

手中的丝线，收了又放，放了又收。

他们最终把温柔碾碎，装进荷塘，酿酒，

十里荷香。秋天叶黄词瘦，等待南飞的归雁。

青衣白马，水墨江南。守望，一辈子的漫长。

我用手中多情的笔，描述，

这段坊间很少有人提及的爱情。天空之城，

一个粉红色的唇印，痴痴在心。

你转身的距离

寒水冰三丈
大江向西流
狂风怒转残阳雪
胡马铁蹄过阴山
大漠孤烟烟不直
弯弓射雕雕不落
六月的大雪
冰冻了我的河山

你转身的距离
好大一壶花雕酒
把盏言欢
红晕煞是羞人
挥刀抽剑　揽一轮古月
挂在残风里
秋水一露
山盟仍在
伤心桥上伤心人
桥下　唯有水如旧

你转身的距离
窗外寒雪倒飞

案头熠熠烛光
无人共瘦
爱，却不能相守
恨，却不能开口
千古之下
我的爱如水悠悠
不信
切我横断　有我
一轮一轮的
哀愁

你留下的夜

今夜　紫丁香忧郁的悲伤
夹杂着柔柔细雨
以一个支点撬动地球的力量
撞击我的头颅
波涛汹涌般
掏空我最深处的灵魂
又像无数只蚂蚁
爬上心头

电闪雷鸣的时候
你转身走了
我追逐你的身影
号召被你浸泡的每一个细胞
进行民意调查
它们都说
走都走了　别像鸡蛋般
没有骨头

蒹 葭

从先秦开始，两千多年
一直道阻，一直露白
秋风识文断字
溯洄雁字分行
只有芦苇从青青到苍苍
历经四季
长河落日月明星稀枯草连天
江山更替沧海桑田斗转星移
只有心中的她
一直呼喊着芦苇的小名
宛在水中央
她们集体从诗经里走出来
变成了历代诗人
笔下的伊人，在水一方

演诵的春天，来日可期

——致演诵创始人胡乐民老师

你开创演诵历史之先河

前无古者　今人不可追

你怒发冲冠　八千里

直霄云天

你黄河之水天上来

金樽对饮三百杯

你对镜贴花黄

昔日桃花面　老了旧容颜

你不破江城誓不还

生在这边　死在那边

你亦诵亦歌

时而低沉春风拂柳

时而高亢气吞万里如虎

时而大笑指点江山

时而大哭叹民生之多艰

别人乐山乐水乐田园风光

而你乐民乐国乐苍生百姓

你是时代明灯　天之骄子

你引领一个时代

而引领这个时代的春天

来日可期

你携一壶酒，足以慰风尘

花前读叶语，燕去不留痕

你携一壶酒，足以慰风尘

天地一声吼，醉饮七八分

你携一壶酒，足以慰风尘

月下歌一曲，邀来天上人

牧　风

——听张继伟老师诵、唱有感

又是一年十二月

外面月明星稀，没有风

树叶还在枝头，多么美好的日子

美好的日子，让你

从远古走来，豪气冲天

从古典走来，俊逸潇洒

从唐诗宋词中走来，时而低沉

时而豪迈。我分明又听到了风

像梅花在风中

像秋叶在风中

像流水在风中

像山雀在风中

像海浪在风中

风传声，声传风

大珠小珠飘风中

风声骤起，雷声滚滚

大地开始抖动，山河开始崩裂

江河湖海开始呼啸奔腾

我赶紧扬鞭，牧风！

佳人顾

寒风萧萧。冬阳正向晚，白雪漫桥。
曾忆峰黛绿，薄暮掩尘嚣。
斜阳凫背没江皋，江上冰澈，你我遥遥。
堤边柳，枯枝桠、飞雪轻绕。

今宵。音信杳。
高山之巅，离恨成春草。
欲割还生，情深未了。
莫教雪月人老。
一线情牵隔山高，一弦寒月眉弯小。
忆佳人，明眸顾、清辉如缟。

也写一曲葬花词

门前的石榴
屋后的紫薇
满湖的灯火
一庭的花开
还有
我用半生打下的江山
都交给你

至于这尘世的凄凉
凄凉难以释怀的人生
人生难以饮尽的悲苦
以及
悲苦逆流而成的大河
都交给我

落雪的颜色，将化为春水
我的疲倦、衰朽、萧瑟
都会枯萎成白发
没有人能活着离开这人世
在雪落南方之前
也写一曲葬花词
个中暗淡凄清无人知

壬寅年 3·21 空难
——东航 132 人客机坠毁

山火爆燃，浓烟滚滚
长歌当哭，今夜无眠
凡过往处，必有生命哭泣
必有白发人送黑发人，累累白骨
群山在黄昏之后醒来
必有生命葬于枝头
我用两根手指，立一人字
突地分开，似飞机在空中解体
坠落，坠落
殒没的生命
多少家庭分崩离析

原　谅

小区里，在排队做核酸
有个人在我前面插队
口罩没有遮住的眼睛
还有她的身材，都很像你
我就原谅了她

第八篇

PART

8

执笔阑珊，墨染年华

寂寞如雪

心中暗藏一段时光
偶尔触动一些零落的思想
没有比阔的狂妄
也没有一地思念的惆怅
一路走来，收留仓皇

梦中高高托起月亮，途经苍茫
我写桃花三阕
酒壶倾尽，黑夜里弥漫凄凉
今生宿命已定，哪怕山高水长

与天地灵性交接
想铺开一纸素锦
描述红尘过往
心中点睛的那一笔呀
五月倾盆大雨，我在故乡流浪

风花无痕，残月成殇
寻寻觅觅，谁为谁思量
日复一日磨破旧时光
谁比谁寂寞
心中雪花，片片飞扬

一湖灯火

秋天，收获的季节
累了

这一湖灯火
荡漾着恋恋不舍

如果
收获是一场错过

那就祝福，来生能够
在此相遇

怀念一束光

长亭寂寥
一路攥着风
花落的古道
叩问苍凉，醉晚
怀念一束光

我心之海海
败给了天之空空
这一世，你与我
一束光的距离
想着很近，其实很远

握不住一寸时光

半阕相思，留在人间
散发着幽香，一片树叶
在这深秋，垂慕这
并不算多的清晖
落地无声。划过的痕迹
一地柔情

北风
向北，再向北
生命，对绿色的渴望
握不住一寸时光

我的诗句，芦苇浩荡

这个秋天的早晨，霞光满天
碎金子的江山，磨盘般流转
生命就是不断地取舍
我的文字，在这秋阳里发光
我的诗句
抖动漫山遍野的花开

是文字的力量，吹散秋天的辽阔
雁字停云
是诗句的温度
八百里秦川，越飞越远

斗指寒甲，天地露寒
谁又晓得：
我的文字，吹瘦母亲村头的遥望
我的诗句，在这天地间芦苇浩荡！

煮雪成诗，一饮便醉

昨夜，跋山涉水
舟车劳顿，寻找一些诗句
一滴清露，一夜微寒
穿过层云，穿过尘埃
穿过一个人夜的寂
隐或不隐，都已飘落成雪

我的诗句，走出诗经
告别西窗，随雪飘落
大地铺成银光，天空挂着月亮
借酒疏狂。诗写成雪，词填到穷
然后煮雪成诗，然后彻夜长谈
空杯对雪，那幽居空谷
多年的兰花，一饮便醉

切切子规啼

秋深夜寒，不知归处
痴痴共情，夜锁君心
过河洲问伊，天地无舟
忧伤惊山雀，拢合难离
梦醒时分，一半繁华，一半荒凉
繁华处，伊人妩媚生姿
荒凉时，孤寂飘山岗
冬夜荷塘无月色，伊人倦红叶
红叶飘零化作尘，幽幽满地伤
一夜似百年，终究负君心
折花问柳春不遇
墙角草湿，切切子规啼

写破秋风

从书房里刮出来
从万卷书里刮出来
堆满小院一地的落叶
朝阳一回首，老成夕阳
春天一转身，变成秋天

一写，我的童年
已在哥哥坟头长满青草

二写，我的大学
已化作哥哥坟头的秋风

三写，我的华年
将会在哥哥坟头拱出新芽

天，扯下来，擦一把脸
地，踩上去，修炼成诗句
我，挥毫泼墨
抖动山河凄凉的落叶
写破秋风！

我的失眠，穿过江心的灯火

X 与 Y 相互厮杀
到底是乘方还是开方？
到底是排列还是组合？
乘方为什么还要离开？
开方为什么还能遇见？
排列为什么不能在一起？
组合为什么不是你我？

夜漫漫，思漫漫
江心波浪冻，灯火孤夜寒
X 与 Y，无关风月
江水茫茫，江水沧沧
剩下我，一个人的苦旅
穿过江心的灯火！

诗解：1. 乘方，能使数字变大变多，人聚为多，不应是"离开"。

2. 开方，能使数字变小变少，人分为少，不应是"遇见"。

3. 排列，给指定的元素排序。

4. 组合，取出指定的元素，不考虑排序。

5. 茫茫：无边无际。

6. 沧沧：寒冷。

不为秋风所动

我承认，曾对风月动过凡心
我也承认，曾留恋过这红尘阡陌
后来孤寂灼痛我的心
我燃尽三生灯火
熄灭烟花一世的绚烂

一个，曾被秋风伤过的人
决不，再为秋风所动！

杀破冬

沉云乱卷，万木萧杀
大雪封山
我顶着太阳取暖
我的佩剑睥睨天下
我用双手托起众生的魂灵
夜色苍白，凝固成冰
漫天飞雪，还有天上的雄鹰
围绕着苍茫大地，拜祭

万千高山，旋即矗起
连同大地冰川的刃锋
杀破，孤寂如雪的冬
太阳一下子照过来
冰河化开，万物复苏
我率领众河山
齐奔下一季，生命涌动的春！

半生风雪

我来时，一路平坦一路坎坷
循环往复，似这深秋
马上要降临的风雪
似我半生，走过的路程
向远处无尽延伸
风过萧萧，树叶落地，如何
雪过茫茫，压垮了草房，又如何
我且饮酒，以慰半生风尘
风雪已和我无关
唯有我写下的诗句，似雪花
在人间漂泊

温水·疗伤

桃花蘸水
不见燕子双飞
夜深雨寒
打湿三千缠痴
怀念儿时明月
更怀念明月儿时
梅雪争冬
熄灭了架起的人间烟火

不管一川烟草
任凭山高水阔
哪怕寒彻心骨
这一池池，为你准备的泉水
温度还在
乐无界，心有境
往事都随风
舀一瓢天地精华，疗伤！

一到便繁华

室内，温暖如春
音乐扬起年少的心思
汩汩而出，碎碎念念
南方的红豆，是你的容颜
我在人群中多看了你一眼
读你的感觉像三月，像春天
心中藏着的花事，只有云知道
灯光闪烁，空中漾起巧克力的味道
青春的悸动在发光

我们在冬至后如约而至
一切都是那样美好
一院灯火，月白如昼
纵是千千阕词，送上
一世长久，朝朝暮暮
你来，如春风，一到便繁华！

写个寂寞

一山的文字，形态各异
绿肥红瘦，切切凄凄
我穷其一生，穿过云
踏平海，带着十里荷香
为山而来。三秋桂冷
一轮残月，夜寒星稀
来生不做痴心人

我从山上采下来的文字
落入茫茫春水
当春水经过你时，记得
看看水面漂浮的文字
字字都是寂寞！

爱在心头

脱下月色
冰雪肌肤纤纤手
割破离愁
误了流年看水东流
月夜成诗
劲草寒霜也识秋

摘一句
风送清香满西楼
磨墨成雪
我把好句藏衣袖
爱你的那一笔
不在眉头，却在心头

路

这个冬天，还没有看到一片雪花
我在南方，雪花在北方飘落
我在北方，雪花在南方降临
但这个季节，寒冷一直跟随着我
似你我在这尘世，错过的人生
我们都没有退路

那晚我喝醉了月亮，你的世界
在我的眼眸里摇摇晃晃
那夜的灯火，还在燃烧
仿佛看见路，已经到了尽头
又见桥，连接着远方，重生了路

贩卖月色

再过一天，就是阳历的新年了
北京东 3.5 环，沿萧太后河
木头支撑起一条路
路的下面，故事很深，河水很浅
上面还结着一层薄薄的冰
故事里的伤口，夏天蚊虫叮咬
冬天风雪入骨三分

春天和秋天的花朵在故事之外
故事中的主人夜夜与寒暑对白
几颗星星窥破人间疾苦
阵痛麻木了半阕心词
悬挂月亮的布帘，里面装满生活
我独自一人，走在吱吱作响的路上
贩卖月色，想用诗和酒
点燃故事里的人间烟火！

我有一碗清水

我有一碗清水
把它放在书桌上
清水就把清澈，留在书桌上
清澈了我，也清澈了我的书房

我把清水啊
藏在我写的诗里
等南方冬天
真正来的时候
看它是否能结冰
如果不能结冰
我就用它来暖手，暖眼
再暖暖心中挂着的
薄凉人生

我是你人生匆匆一过客

曾经我的小字微澜

落入你倾心的波

叩开了初遇的相逢

在诗情里款款对酌

微信里开满春天

眉目里安放着人间烟火

月色铺陈的温柔

在心头里一次次鲜活

一笔花开一笔花落

流水与光阴终是抓不住的错

点滴都是记忆

如今早已成昨

原来我只不过

是你人生匆匆一过客

花好月圆

为了迎接一季的花开
树、枝、叶准备了三季
为了每月一次的月圆
月亮承受二十九天的残缺
原来这世间所有的花好月圆
都是有人为你负重前行
和自己矢志不渝的坚守

涵清脉脉的欢喜

孩子，我想用我温暖的文字
将一冬的大雪，融化成春水
取你一涵字，取你一清字
上善若水，你们都为水而来
为爱而生，涵清脉脉
那些瘦下来的枝条，枯萎的花朵
都会被重新滋润，灌溉
这人世间的一切美好
都会因你们的爱，而心生欢喜！

痛不了自己

窗外灰蒙蒙的
人世于我，记忆中
没有鲜花和阳光灿烂
生而为人，本身
就是一场修行的苦旅
我的人生旅途很苦
但愿来生，不要为人
做一块石头
感知不到别人
也痛不了自己

我还在这人间

上天给了我坎坷和苦难
我用慧心化解
上天给了我黑夜和孤独
我用安眠药化解

仁慈的上天啊，无论如何
请不要让我触碰心底隐痛的东西
我将无计可施，我会泪如泉涌
因为，我还在这人间

忘了轮回

你，亭亭玉立
热情奔放。爱的物语
幻化成，我的欢喜

心中的人儿
像是前世约定
一场相逢

不知，明天将会走向
何方。心中
对你，有了牵挂

你的俏模样
酿成春天的美酒
让我如痴如醉
忘了轮回

我死后，请不要为我写诗

无论富贵贫穷，无论伟大平凡，人生天地间，忽如远行客，终究逃不过死
亡的宿命。

——题记

我建了很多桥修过很多路
都说建桥修路功德无量
这是佛语，劝人行善的话
就像诗人写给春天的文字

人总有一死，但我死后
请不要为我写诗
写轻了
对不住我来过的人生
写重了
这样会让我死后徒有虚名
还有，还有
万一哪个字表达不对
岂不惊扰了我安息的魂灵

我要告诉我的后辈
每年清明
别忘了，在我坟前

读一首我曾经写过的诗
该要的仪式还得要
要读出一个诗者的风骨
还有我诗中文字里的
人间正气

今世相遇

五百年的回眸，你我恰逢其时
一朵紫色的玫瑰
一只蝶吻过的芯蕊
都是季节的私语
一片葱郁
一份浓荫
都是爱恋植成的森林

当走进月光深处
相识的过程
怎会变得越来越模糊
是否
有夜风一声声支离
聚集每一丝嗅觉

灯光轻柔如水
我看见了你笑容甜美
今世相遇
我不轻言放弃
我殷切地
问过枝头的风
问过山顶的云

飞鸟掠过每一个繁华的季节
所有的花朵
都已经决定了花期

独自离去

岁月的伤痕
已老成千年旧梦
放不下的
依然是那段虚度了的年华
寒山孤影
看落叶飘零
你的花朵，开到荼靡
无关乎我
但，我若独自离去
沧海怨我一生！

问 月

花间提壶共酒
俊杰豪饮也风流
无人问你薄厚
无人问你肥瘦
年年岁岁
圆缺无尽头

说无情吧
直教人生死相许，无止休
说有情吧
直教人隔山隔水，搔白头

问，要怎样的天长地久
才能得到回眸
问，要怎样的刻骨铭心
才能长相厮守
问，要怎样的山盟海誓
才能换你温柔

我，微不足道

花浪鼓动着花浪
接着风，连着雨，片片坠落
暮色苍茫处，一行清明月色
横亘其间。我把一首诗写断了
似这人间，错过了的轮回

我在无数个我中，沉浮
存活，死亡，周而复始
在烟火里辗转红尘
我只不过是这人间，一粒尘
清明时节的一滴雨，微不足道

刹那相思

我在花前
等一江春水
等一枝初红

我在落红的水面
等花飞花谢
等一叶轻舟

春天，爱恋的季节
烟生云起处，我是你
微风拂过的刹那相思

致自己

不知不觉，已到天命之年
青葱岁月，一晃而过
知足的日子，没有留恋
习惯于苟且，有时也不得不
在自己设置的牢笼里偷生

没有青春值得回味
唯有亲情还在血液里流淌
剩下的都是忧郁
所有人间来过的
都立地成佛
阳光灿烂的时候
风会读懂我
每一个痛苦的细节

后　记

　　我是一个懒惰的人，写不了长的文章。我的工作主要是负责架桥铺路，经常为工程保质量、抢进度、抓安全，休息的时间不多。架桥铺路，荒山野岭的，也很寂寞，于是经常写点文字。为了直抒胸臆，选择了诗歌。有时几句话，就能凝练成一首诗。时间长了，变成了爱好，还能排遣寂寞。

　　我也是一个勤奋的人，经常为一个灵感，半夜三更爬起来，记在手机上（早些年记在本子上）。有时走路，脑子里突然闪过几个句子，我就停下来，写一首诗，不写完写好，就待在原地不走。有一次我在小区做核酸，人很多，排队的时间有点长，我就现场写了一首小诗：小区里 / 在排队做核酸 / 有个人在我前面插队 / 口罩没有遮住的眼睛 / 还有她的身材 / 都很像你 / 我就原谅了她（《原谅》）。我就这样黑夜白天，沉浸在自己的文字里，内心很充实。

　　花不可无蝶，山不可无泉，树不可无藤萝，人不可无癖好。写诗，记录内心、过往和对未来的憧憬，算是我人生一大癖好。"癖好"这个词亦褒亦贬，现实中，人们对待诗人的印象，也像对待"癖好"这个词一样，褒贬自在人心。有时在饭局上，熟人向陌生人介绍我是一个诗人时，对方多是投来异样的眼光。敬酒时，"诗人"称呼的音量被故意提高八度，因为在他们眼里：诗人应该是饿着肚子的。

　　2000 年，我 36 岁的哥哥，因病卒于秋风中。他的一生短暂而厚重，他用爱、宽容和豁达，教会了我做人做事，也使得我这一生有条件、有心情、有时间爱上文字。我将把这种精神和情怀，传承于后世。素月分辉，雾锁重门，惜那年光阴戛然止。《写破秋风》这部诗集，致敬我的哥哥。

　　春种一粒粟，秋收万颗子。秋天，满畈金黄，收获的季节。我同大多数人一样，懂得春种秋收，所以我努力学习和工作，虽谈不上有多大收获，但也不至于"饿着肚子"。那年春上花开，我种下了一个你，人生四季，我已走过两季，我这一辈子能够收获一个你，是我今生最大的幸福。《写破秋风》这部诗集，致敬我的爱人。

我在诗歌里，总是把故乡写得那么美好。很多人电话、私信或者文后留言：黄泥塘，不就是一方普通的池塘吗？是啊，它再普通，那也是生我养我的地方。我把故乡写得如此美好，那不也是对故乡一种美好生活的祝愿吗？《写破秋风》这部诗集，致敬我的故乡。

感谢身边一直默默无闻支持我的亲人和朋友。感谢为本诗集辛苦付出的编辑们，感谢马竹、卢圣虎、皮曙初等几位作家、学者对我的支持、帮助和鼓励。

丰寒

2023 年 9 月 23 日

丰寒原创精彩名篇佳句集锦

　　丰寒作品中，常有经典语句被文友们引用。本附录从丰寒已公开发表的作品中，撷选100句经典语段，由管窥豹，以飨读者。作为诗人，丰寒热烈而深情，不羁而犀利，他敢用一身胆色营造一个梦中江南。此次甄选之语句，文简义长，清丽含蓄，言词剀切，意味无穷，字里行间妙语天成，精思之处令人折服。通感、排比、映衬、对比等多种手法灵活运用，诵读时抑扬顿挫，悠扬婉转。读丰寒经典，既可领略其深厚的思想蕴涵，又能欣赏到精湛的文学艺术，值得反复咀嚼回味。

★ 沧海一哭能做成珍珠。

★ 废墟变天堂知为谁疯狂。

★ 月华如水风满楼相思朝与暮。

★ 月亮升起的时候，藕断残阳，吹痛一湖春水。

★ 天国的落叶，无边的想象，最冷的是火，最热的是雪。

★ 我一日三叩首，早晚一炷香，我双手合十，我热泪盈眶。

★ 让风闪光吧，让我赤脚穿过人生，穿过闪亮的沙子和水，穿过疼痛的命运。

★ 我不屈的刚强，在风中抖动，在雨中绝望。

★ 是你让我用自己的牙齿撕咬我的肺、心脏。

★ 有一种美丽在心中荡漾，春天已烧光我一生的火焰，就让我一尘不染地离开，让我怀念那洁白的灵魂，在水一方。

★ 我听到了春天的羽翅，颤动的声音。

★ 我的手指，插进泥土，再也拔不出希望。

★ 举杯，遥遥邀你，饮尽这万般风月，从此，红尘辗转，无相忘。

★ 隔山之吻，爬不上我的大白马，又怎敢带你，绝尘而去，今夜的江南，你的樱花，我的爱。

★ 你不怕沈园里有位表妹，要包满园春色，酿黄滕酒。

★ 我奢侈地盼你，多待一分钟，可你走了，雨都留不住你。

★ 爱字苦，情字累，缘字好比一江水。

★ 爱你的眼，爱你的眉，爱你的心肝是宝贝。

★ 三分天下七分剑，栏杆拍遍只愿醉

★ 北风吹雁寒鸦飞，酒入豪胸，钟鼓馔玉不足贵。

★ 香车宝马归满路，月照人相随。

★ 今夜，你转身的颜色，是我失眠憔悴的脸。

★ 我的泪水滚落不下我的相思，你也无法让我退缩飞翔的翅膀。

★ 天国的九月没有阳光，粉红色的玫瑰漫湿我的疯狂。

★ 我无法挥去曾经的爱恋，晚风秋愁浮动的清香。

★ 我生命最强劲的潮水，能让你听到执着血脉的搏动。

★ 子夜荧荧月似蕊，琴拨你的心，眼恋眼，对饮一瓯春。

★ 让我闭阖的双眼，在黑暗的长夜，发出白昼的光。

★ 我不断追寻，因为我渴求一片爱的热土，结果，我来到这无雨的沙漠，埋葬了自己，熟悉的地方没有风景，远走高飞，是生命最深处的渴望。

★ 100 年前，我是菩提树下一株草，没有伤痛，也无所谓生命。

★ 河东街道的创伤平了，河西码头的泪迹干了，剩下江河汇合处，仍以万钧涛声，日夜呼痛。

★ 伤心桥上伤心人，桥下唯有水如旧。

★ 千古之下，我的爱如水悠悠，不信，切我横断，有我，一轮一轮的哀愁。

★ 我不是你心中的白马，却是你喝壮行酒般痛快的归宿。

★ 你是蚕，孕育一个包围你厚厚的茧，我是鸟，啄破一个裹着我硬硬的壳。

★ 手握西风泪不干，一片伤心，无人语。

★ 一江泪水，空付深情。

★ 红灯挑不起，昨日的繁华。

★ 成败任西东，此恨无穷。孤守凄美平生任，踏雪飞鸿。

★ 塞北的寒风，吹白了雪，你踏雪而来，翩然起舞，天意高难问，你我相逢。

★ 我试图把酒临风，问《百年孤独》谁孤独，路过的红颜，雁不归。

★ 我一下子从大地上刮走全部的风雪，像一匹狂情的野马，将你掠走。

★ 我在以梦为马的日子里，双目失明，在白色安眠药的肉体里，一次次死亡。

★ 你用刚剥壳，鸡蛋，白色的躯体，向我奔来，我进入，我成为你。

★ 上天赐我是一只鸟，注定要通过羽毛的努力，不停地在风中抖动。

★ 我要把你全身上下盖满私章，我要向全世界宣言，你是我今生今世的爱人。

★ 我要把你占为己有，我要猛烈的搂抱和要求，我要向你证明啊，我一身上下都在爱你。

★ 神仙枕着贝壳欣赏花和草，所有的颜色从布里抽出来，心的语言从天空飞过。

★ 我打马自远方来，捎一片北国的雪，娶你做新娘。

★ 白天属于黑夜，花属于速度，你属于我。

★ 你撑来一把伞，一把很矜持，只能容得下自己的伞。

★ 小木屋四壁骤然响起的光辉，分分秒秒，都在印证，紫檀木幽香的爱情。

★ 你在小木屋，悄悄向我走近，抚去我的泪水，长发少女琴。

★ 几世轮回，我又来到你的塔前，我的心潮如火，我的泪眼成冰，断肠声里忆前世，负了你的情，泪偷零。

★ 风吹动那月光，便惹黄花瘦。

★ 依稀笑靥明眸，恰似花染月幽。

★ 功名铅华，能买几樽酒。

★ 菡萏难成藕，愁更愁。

★ 你把爱情的"爱"字，忙成了受苦的"受"字；你把幸福的"幸"字，累成了辛苦的"辛"字。

★ 黑黑的猪肉案板，雪亮的剁肉刀，手起刀落，骨肉分离，猪头猪排猪脚猪尾……一字排开，吆喝声中淹没了他的青春。

★ 你站在秋风里，夜长人寐听空街夜雨，高楼独倚看千帆尽过。

★ 月落千山黑，枯寂心事，由南由北，红尘恋也无凭，草木枯了颜色。

★ 泣泪不解相思意，何处哀歌风乍起。江南城外小池东，瘦尽梅花一地泥。

★ 他的无用，被吴用证明了，他想要的江山，被宋江拱手相送了，我倒要看他，还能杀个什么毛?!

★ 宿命是孤独的，而诗歌却在孤独的灵魂里闪耀。诗歌的疼痛，灼伤的内心，最终却是向着光明和美好。

★ 诗歌的写作是痛苦的，从某种程度上说，没有痛苦便没有诗。

★ 我喜欢用简朴的语言，表现诗歌的深度，挑选一个字词就像农夫挑选一粒种子，诗人要在春天来临之前，预见它的生命力。

★ 一枝淡荷一清泉，一缕烟波一夜眠。你共我，月圆正中天。

★ 一条天河两行泪，泪湿了情感。一双望眼两生花，花开了情缘。

★ 我把夕阳站成海。

★ 我托起李白诗百篇的酒，愁一次舀一杯，我有愁三千，玉壶装不下。今夜无眠 愁空了一壶心事。

★ 长长的赶鸭竿高高挽起的裤腿赤着的脚丫一个粗黑的大斗笠扣住了他的青春。

★ 火辣辣的太阳挥动着滚烫的热浪，黑色的七月没有阳光，庄稼不长，候鸟北飞，我的血和肉在那个夏天分崩离析。

★ 我来时万物生晖，阳春三月；愿我去时，秋风萧萧，红叶铺地。

★ 我有时很累，就像冬天的雪飘不过江南；我有时又豪情万丈，就像夏季的风从南吹到北。

★ 镜花水月美好，消逝才是永恒。最美的时光，是经由记忆粉饰的过往。

★ 故乡，年的味道最浓，风刮不动，雨冲不走，雪盖不住。我却站在每年浓浓的年味里，就这样老了。

★ 别人思父思母思天地君亲师位，我念您天地不合万木不生江河湖海无水草木枯黄。

★ 一打儿女，围着一群诗句，踏雪寻江南。

★ 您是沧海，我是空中飘浮的云，还未形成一滴水。

★ 我用双眼的泪水写成的文字，百花凋零万木枯，天际一道虹，我在这边想您。

★ 我坐等春天的消息和一些绿色的希望。

★ 施主，莫要拜我，你拜天下苍生，你拜贫穷疾苦，你拜人间正道。

★ 东方之珠东方起，霞光万道万丈高。

★ 泼墨留馨王体柳体相揉，挥毫夺冠鸾仪凤仪来朝。

★ 腹有诗书心有乾坤，笔写春秋大义，手著千秋华章。几年后，等你再耀辉煌！

★ 三皇之首仰目，百鸟之王来朝，吸造物之精气为笛，吮日月之神气为光，你我同生。

★ 汉水滔滔如风吼，楚山声声血猿啼。

★ 笛声清扬，地久天长。

★ 坎坎伐檀，笛心不眠。

★ 你我遥遥，扑地为桥。

★ 江南牧马，只待踏雪成追忆。

★ 用我三生烟火，换你梦中江湖。一场盛世流年，你我歃血为盟。为那江南一场烟雨，覆了容颜负不了天下。

★ 黯相望。断鸿声里，立尽斜阳。

★ 风不停地吹过田野，吹着适时的枯黄，一些人就那么老了。

★ 水之南，山之巅，天外还有天。夜未央，水朝东，往事已成空。

★ 多少人间事情，你说可以重来。

★ 隐隐青竹，脉脉红莲。花前牵手，秋波相连。

★ 等待机会，在一个高光时刻展现才华。